태양을 지키는 아이

태양을 지키는 아이

마야 룬데 지음 + 리사 아이서토 그림 + 손화수 옮김

라임

차례

I 영원한 어둠 007

2 색을 잃어버린 것들 019

3 비밀의 문 036

4 수상한 정원 049

5 해를 지키는 여인 073

6 불공평한 일 084

7 햇살의 축복 115

8 수상한 쪽지 123

9 언덕 밑의 낡은 집 142

10 소리 없는 비명 157

11 마지막 용기 173

12 너의 이름 183

13 집으로 가는 길 196

14 봄의 향기 203

영원한 어둠

I

눈을 감으면 아직도 코끝과 양볼에 내리쬐는 햇살을 느낄 수 있다. 그 간질간질한 따스함이 가슴속까지 스며 들어오면 심장이 녹아내릴 듯 평온해지면서 온몸에 활기와 자신감이 감돈다. 내가 기억하는 햇살은 바로 이런 것이다. 그런데 내가 한 살 되던 때, 해가 이 세상에서 사라져 버렸다.

지금은 해를 볼 수가 없다. 내가 사는 세상에는 저 멀리 보이는 들판과 발걸음을 옮길 때마다 수천 개의 물방울이 되어 튀어오르는 빗물뿐이다. 여름도 없고 가을도 없고 겨울도 없다. 할아버지가 사계절 가운데서 여왕이라고 했던 봄도 당연히 없다.

심지어는 낮과 밤도 없다. 새벽이나 초저녁처럼 어스레한 시간이 영원히 계속된다. 산꼭대기의 희미한 빛 외에는 온통 어둠뿐이다. 잠자리에 들 시각과 일어나야 할 시각은 오로지 마을 광장의 시계탑을 보고 알아채야 한다.

나의 세상은 늘 어둡고 축축하다. 매일매일 비가 오고 구름이 낀 날이 이어지지만, 천둥이나 번개가 친 적은 단 한 번도 없다. 그날 만약 할아버지가 도시락을 가져갔더라면, 그래서 내가 할아버지의 온실에 숨겨진 비밀을 알아채지 못했더라면, 나의 세상은 아직도 영원한 어둠 속에서 헤어나지 못했을 것이다.

나는 할아버지가 대문을 나서자마자 테이블에 놓인 빵을 발견했다. 말라 비틀어진 빵 조각……. 어른 한 명이 배불리 먹기엔 턱없이 부족했다. 하지만 과일과 채소가 동이 나 버린 후 남은 음식이라곤 그것뿐이었다.

서둘러 대문 밖으로 달려 나갔지만 할아버지는 이미 사라지고 없었다. 나는 빵 조각을 앞치마 주머니에 집어넣고서 헐렁한 비옷을 걸쳐 입었다. 그 비옷은 마을 사람이 준 것이었다. 내가 불쌍해 보인다나? 단 한 번도 입 밖에 내어 말하지 않았지만, 나를 불쌍히 여기는 사람이 한둘이 아니라는 것쯤은 알고 있었다. 부모 없는 고아, 릴리아. 어른들이 나를 바라보는 눈빛과 때때로 나직하게 수군거리는 목소리에 그들의 생각이 고스란히 묻어났다.

밖에는 여느 때처럼 비가 내리고 있었다. 하늘에서 떨어지는 빗방울은 이

내 물줄기로 바뀌었다. 집 옆에는 커다란 물웅덩이가 세 개 있었다. 너무 커서 한 번에 뛰어넘을 수가 없었다. 아예 웅덩이로 들어가 첨벙첨벙 걸었다. 낡은 장화 속으로 차가운 물이 들어와 발이 젖었다. 발을 옮길 때마다 고무장화 속에서 꼬르륵꼬르륵 물소리가 났다.

나는 발이 젖는 걸 무척 싫어했다. 어깨가 젖는 건 더 싫었다. 오랫동안 비를 맞다 보면 제아무리 비옷을 입고 있어도 어깨가 젖게 마련이었다. 빗방울이 뒷목을 타고 솔기 사이로 스며들었다.

종종걸음으로 걷다가 톰과 테아를 발견하고 발을 멈추었다. 그 아이들은 집 앞의 작은 냇물에서 놀고 있었다. 테아는 노래를 부르고 있었고, 동생 톰은 콧노래를 흥얼거렸다. 나도 잘 아는 노래였다. 아니, 우리 마을 아이들이라면 누구나 잘 알고 있는 노래였다.

나의 해, 해는 나의 친구
네가 그리워, 너의 따스한 햇살이 그리워
다시 오지 않는 여름, 겨울과 봄
백 년의 세월 속에서도 너를 찾아볼 수가 없구나
우리를 위로하는 것은 오직 빗방울뿐
그리고 영원한 가을

두 아이는 노래를 부르며 작은 댐을 지어 올렸다. 마을 아이들은 자주 댐을 만들며 놀았다. 그중에서 테아의 솜씨가 가장 좋았다. 오늘은 시냇물 위쪽에 댐을 만들고 있었다. 거기서 흘러내리는 물줄기가 며칠 전에 만들어 둔 물레방아로 향했다. 물레방아가 빙글빙글 돌아가자 톰이 손뼉을 치며 좋아했다. 나는 짐짓 테아에게 말을 걸었다.

"아주 근사한걸!"

테아가 나를 향해 몸을 돌리며 고개를 끄덕였다.

"아직 완성된 건 아냐. 물레방아를 더 크게 만들고 싶어. 그러면 전기를 생산해서 불을 밝힐 수 있을지도 모르잖아."

"불! 아주 좋은 생각이야!"

톰이 이렇게 소리치며 코를 훌쩍였다. 아이들은 너나없이 늘 감기를 달고 살았다. 항상 젖은 발로 다니기 때문일 것이다.

테아가 내게 물었다.

"어디 가? 우리랑 함께 놀지 않을래?"

"할아버지께 가는 길이야, 할아버지 온실에."

테아는 조금 실망한 듯한 표정을 지으며 되물었다.

"아, 온실에서 채소를 가져오려고?"

"아니야, 할아버지께 도시락을 가져다 드리려고."

나는 빵을 꺼내 보여 주었다. 그러자 톰이 기대에 찬 얼굴로 물었다.

"그래도 조금은 가져올 수 있지 않을까? 조그만 당근 하나라도……."

나는 고개를 저었다. 톰이 실망한 표정을 짓는 순간, 비옷에 달린 모자가 훅 벗겨졌다. 곧이어 연약하고 창백한 얼굴이 훤히 드러났다. 지난번보다 살이 더 빠진 것 같았다. 테아 쪽으로 시선을 돌렸다. 테아 역시 창백한 피부에 빼빼 말라 있었다. 점점 더 마르는 듯했다.

나는 비에 젖어 질척질척한 길을 서둘러 걷기 시작했다. 양 떼를 끌고 광장을 가로지르는 양치기 요나스에게 인사를 건넸다. 털이 온통 진흙 범벅이 된 양들은 걸음을 재촉하는 요나스를 향해 힘없이 울음소리를 내곤 했다. 뒤이어 농사를 짓는 안나와 마주쳤다. 안나는 흠뻑 젖은 오버롤 차림에 목이 높은 장화를 신었다. 수레를 끄는 말의 등에 안장을 내려놓다가 나를 보고는 가볍게 고개를 끄덕여 주었다. 나이가 많은 말은 주인과 마찬가지로 매우 호리호리했다. 이 마을에선 누구나 그렇듯이…….

나 역시 그들의 눈에 비쩍 말라 보일 터였다.

마침내 마을 외곽으로 이어지는 길로 접어들었다. 축축한 들판에 나 있는 수레바퀴 자국을 따라 걸었다. 얼마나 걸었을까? 저 멀리 할아버지의 온실이 보였다. 온실 옆에는 시들시들한 잔디와 메마른 덤불이 우거진 들판이 펼쳐져 있었다. 그 너머로 숲이 있었지만 거뭇거뭇한 나뭇가지와 나무둥치뿐이었다.

저 숲은 우리에게 금지된 공간이었다. 아무것도 자라지 않는 숲속은 너무나 어두워서 발을 들여놓는 순간 방향 감각을 잃어버릴 것이라고 했다. 사실은 어렸을 때 테아와 함께 숲속에 몰래 들어가 본 적이 있었다. 거뭇거뭇한 나무둥치 사이로 살금살금 발을 옮기는데, 테아가 무시무시한 괴물이 숲속에 숨어 있다가 우리를 공격해 올 것이라고 말했다.

테아네 아빠가 까마귀 사냥을 하다가 무심코 숲속 깊숙이 들어간 적이 있는데, 나무 사이에서 이상한 존재를 발견했다는 것이다. 거뭇거뭇한 얼굴과 불타듯 이글거리는 두 개의 눈동자……. 너무너무 무서워서 뒤도 돌아보지 않고 곧장 도망쳐 나왔다고 했다.

문득 테아와 함께 논 지도 꽤 오래되었다는 생각이 스쳤다. 테아는 나보다 한 살 어렸다. 그 전에는 한 살 차이가 그다지 크게 느껴지지 않았는데, 요즘에는 우리 둘 사이에 존재하는 일 년이라는 시간이 부쩍 크게 와닿았다. 테아는 아직도 댐을 지어 올리거나 물속에서 노는 것을 좋아했다. 하지만 나는 물놀이나 숲속의 괴물을 상상하는 일이 점점 지겨워졌다. 친구들과 함께 노는 것이 지겨워지면 무엇을 해야 할까?

마침내 할아버지 온실에 도착했다. 온실 천장에 매달린 전구의 하얀색 불빛이 유리창 너머로 새어 나오고 있었다. 불빛 외에는 아무것도 눈에 띄지 않았다. 온실 유리창은 종이로 가려져 있어서 안을 들여다볼 수가 없었다. 온실에는 오직 할아버지만 들어갈 수 있었다. 나는 단 한 번도 그 이유를 물어보지 못했다. 할아버지에게 용기를 내어 물어보지 못한 것은 그 외에도 아주 많았다.

마을 사람들은 할아버지가 마법의 비료를 사용하는 것이 틀림없다고 했다. 그러면서도 할아버지의 대답이나 설명을 기대하지는 않았다. 할아버지가 사흘에 한 번씩 싱싱한 채소를 마을로 가져오기만 한다면 그걸로 충분히 만족해했다. 불타듯이 새빨간 토마토, 곱디고운 주홍색 당근, 짙푸른 녹색 오이, 작고 귀여운 완두콩.

나는 할아버지를 떠올릴 때마다 자랑스러움을 감출 수 없었다. 할아버지가 없다면 마을 사람들은 이미 굶어 죽었을지도 모른다. 그래서 사람들은 할아버지의 온실에 어떤 비밀이 숨겨져 있든 알려고 하지 않았다.

"할아버지! 안에 계세요?"

외부인 출입 금지

나는 온실 문을 두드렸다. 온실 유리창에는 커다란 팻말이 걸려 있었다.

외부인 출입 금지!

아무런 대답도 들리지 않았다.

"할아버지? 저예요. 빵을 가져왔어요."

문에 귀를 바짝 대었다. 온실 안은 조용했다. 가끔씩 희미하게 윙윙거리는 소리가 들렸다. 나는 온실을 빙 둘러 모퉁이 쪽으로 발걸음을 옮겼다. 온실에 이처럼 가까이 다가가 본 적은 없었다. 할아버지는 그마저도 허락하지 않았다. 언제나 엄한 목소리로 이렇게 말했다.

"온실에 발을 들여선 안 돼! 거기에 네가 할 수 있는 일은 아무것도 없어!"

이쯤에서 그만 발길을 돌려야 할까? 할아버지께 그저 도시락을 전해 주러 왔을 뿐인데? 나는 온실 모퉁이의 유리창을 조심스레 두드려 보았다.

"할아버지?"

여전히 아무 소리도 들리지 않았다. 온실 안을 더 자세히 보기 위해 유리창에 얼굴을 대었다. 순간, 무언가가 눈에 띄었다. 유리창에 붙여 놓은 종이가 살짝 찢겨 있었다. 그 틈새로 온실 안을 들여다보았다. 전구의 불빛이 너무 밝아 눈이 부셨다. 불빛이 강렬해서 한참이나 눈을 끔벅인 후에야 겨우 온실 안의 풍경에 익숙해졌다. 온실 선반에는 막 싹을 틔운 식물이 줄줄이 놓여 있었다.

나는 지금껏 수도 없이 할아버지의 온실을 상상해 보곤 했다. 천장의 강렬한 불빛 아래에서 무럭무럭 자라는 채소들, 열매가 주렁주렁 매달린 잔가

지들, 바닥에 단단하게 자리한 나무들, 그리고 온 세상의 색이란 색을 모두 담은 듯한 갖가지 과일들…….

하지만 내 눈에 비친 것은 그동안 상상했던 것과 너무나 달랐다. 금방이라도 스러질 것처럼 가느다랗고 연약한 식물의 줄기들뿐이었다. 그 옛날 마을 사람들이 농사짓는 일을 포기하지 않았을 때, 어렵사리 흙을 뚫고 나온 각종 식물의 싹들이 끊임없이 내리는 비를 이기지 못하고 축 늘어져 버렸을 때와 조금도 다르지 않았다.

갑자기 숨이 가빠지기 시작했다. 나는 온실 출입문 쪽으로 서둘러 발걸음을 옮겼다. 그러고는 곧장 문을 열고 안으로 들어갔다.

색을 잃어버린 것들

2

나는 모든 것을 변화시킬 만한 어떤 일이 일어나기를 항상 꿈꾸어 왔다. 내 삶을, 그리고 이 세상을 변화시켜서 모든 것이 더 나아질 수 있기를. 내가 간절히 바란 일은 딱 두 가지였다. 고아가 아닌 것과 봄을 느껴 보는 것.

"사계절에 대해 이야기해 주세요, 할아버지."

매우 어렸을 때, 침대 난간에 앉아 할아버지를 조른 적이 있었다. 그날 광장에 모여 있던 청년들에게서 원래는 계절이 네 가지로 나뉘어 있다는 말을 들었다. 다행히 할아버지는 내 청을 들어주었다.

여름은 6월, 7월, 8월에 해당하는 때로, 형형색색의 꽃들이 온 땅을 뒤덮는다고 했다. 9월과 10월은 가을에 해당하는데, 일 년 중 가장 풍성한 때라나. 가을이 되면 밭에서 쌀과 밀, 보리 등 갖가지 곡식을 수확하는 데다 채소밭도 아주 풍성해진다는 것이다. 11월이 되면 하얀 안개와 서리가 마을을 뒤덮으며, 겨울에 해당하는 12월과 1월, 2월에는 회색 하늘이 빚어 내는 우중충

한 날이 지속된다고 했다.

할아버지는 사계절 중에서 봄이 가장 아름답다고 했다. 봄이 되면 겨울잠에 빠져 있던 온 세상의 만물이 깨어나 기지개를 켜고 재빨리 봄옷으로 갈아입는다는 것이다. 봄에 해당하는 3월, 4월, 5월에는 온갖 식물들이 싹을 틔우고, 나뭇가지에는 파릇파릇한 잎이 달리기 시작하며, 검정 티티새가 날아와 아름다운 노래를 지저귄다고 했다.

할아버지는 해에 관한 이야기도 들려주었다. 해는 이글이글 타오르는 환한 불덩이로, 봄에는 식물이 싹을 틔우고 만물이 성장할 수 있도록 도와주며, 여름에는 모든 생명에게 활기를 불어넣어 주다가, 겨울이 되면 우리랑 숨바꼭질 놀이를 하듯 어디론가 숨어 버리곤 한다나.

봄! 나는 봄을 꼭 한 번 경험해 보고 싶었다. 모든 것을 변화시킬 수 있는 봄! 매번 똑같은 날만 계속되는 이 세상에서 벗어날 수 있다면 얼마나 좋을까?

"저도 햇살을 느껴 본 적이 있나요?"

내가 물었다.

"그럼. 릴리아, 너도 햇살을 느껴 본 적이 있지."

할아버지는 아주 느리게 말했다. 일을 하고 난 후여서 피곤한 탓일까? 아니면 우리가 잃어버린 것들 때문에 너무나 슬퍼서일까?

"네가 태어나던 그해에는 여기

서도 해를 볼 수 있었거든."

"그건 저도 기억해요. 아니, 기억할 수 있을 것 같아요."

"그때 너는 갓난아기였는데?"

"햇살이 코끝에 닿으면 간질간질하지요?"

"그래, 그렇지."

"그런데 해가 어느 날 갑자기 사라진 거예요?"

"해는 네가 한 살 때 사라졌어. 그 후로 두 번 다시 나타나지 않았지."

할아버지는 너무나 슬픈 눈빛으로 허리를 굽히더니 천천히 손을 들어 올렸다. 순간, 나를 안아 주려 한다고 생각했다. 이제 곧 할아버지가 내게로 두 팔을 뻗겠지? 그러자 울컥 목이 메어 왔다. 왜냐하면 할아버지가 나를 꼭 안아 주기를 항상 바라 왔기 때문이다. 다른 집의 엄마나 아빠, 또는 할아버지나 할머니가 사랑하는 아들딸이나 손주를 꼭 안아 줄 때처럼.

할아버지 품에 안기면 어떤 느낌이 들까? 하지만 내가 생각했던 일은 일어나지 않았다. 할아버지는 여전히 제자리에 가만히 앉아 있었다. 단지 한 손을 들어 올려 내 팔을 슬쩍 어루만져 주었을 뿐이다. 나는 목이 메어 오는 것을 억누르기 위해 짐짓 침을 꿀꺽 삼켰다.

내 이름은 해를 사랑하는 키 큰 백합꽃에서 따온 것이라고 했다. 나는 내 이름이 그늘에서 자라는 보잘것없는 식물의 이름에서 따온 것이라면 더 좋겠다는 생각을 자주 했다. 어떤 식물은 햇빛이나 보살핌을 거의 받지 않고도 잘 자라니까.

이윽고 할아버지가 몸을 일으켰다. 더 할 말이 없는 것 같았다. 벽난로에 장작을 던져 넣는 할아버지의 모습이 무척이나 우울하고 슬퍼 보였다.

"제가 한 살 때 사라진 해가 앞으로 백 년 동안 돌아오지 않을 것이라는 말을 들은 적이 있어요. 진짜 그래요, 할아버지?"

장작에 불이 붙으며 활활 타오르기 시작했다. 불꽃이 할아버지 얼굴을 환하게 비추었다.

"내가 어렸을 때도 해가 어느 날 갑자기 사라져서 백 년 동안 돌아오지 않을 거라는 이야기를 들은 적이 있어. 하지만 그건 단지 동화 속의 이야기일 뿐이라고 생각했지. 실제로 그런 일이 일어나리라곤 상상도 못 했거든."

"그런데 정말로 그런 일이 일어난 거로군요?"

나는 침을 꿀꺽 삼키며 물었다.

"그래, 그렇단다."

"해는 언제 다시 볼 수 있나요? 정말로 백 년을 기다려야 해요?"

"릴리아, 그건 나도 모른단다. 아무도 모르는 일이야."

"해가 보고 싶어요."

나는 나직이 중얼거렸다. 할아버지는 아무런 대꾸도 하지 않고 그저 무거운 한숨만 내쉬었다. 문득 내가 너무 많은 말을 한 건 아닌지 후회가 밀려왔다. 내가 어렸을 때 이 세상에서 사라진 것은 해뿐만이 아니었다. 그때는 이 집을 꽉 채울 만큼 많은 사람이 함께 살았다. 엄마, 아빠, 언니, 오빠, 할아버지, 그리고 할머니…….

다락방에는 그들이 사용하던 물건을 모아 둔 상자가 있었다. 할아버지는 엄마가 즐겨 보았던 식물 도감 한 권과 아빠가 썼던 물감통, 할머니가 사용했던 뜨개질 도구 등을 한곳에 모아 두었다. 나는 가끔 그 상자에서 이런저런 물건들을 꺼내 보곤 했다.

아빠의 물감통에는 그 어디서도 보지 못했던 선명하고 강렬한 색감의 물감들이 들어 있었다. 나는 그 물감으로 그림을 그리곤 했다. 지금은 그처럼 선명하고 강렬한 색을 지닌 물건을 찾을 수가 없었다.

때로는 엄마의 식물 도감을 꺼내 보기도 했다. 내가 가장 좋아하는 책이었다. 책장을 펼치면 몇 시간이고 꼼짝하지 않은 채 갖가지 식물 그림들을 보면서 그 이름을 하나하나 입속으로 되뇌었다.

상자 속에는 식물 표본첩도 한 권 있었다. 엄마 이름이 적혀 있는 표지를 넘기면, 예쁘게 말린 꽃과 풀이 가지런히 들어 있었다. 너무 바짝 말라 있어

서 까딱하면 먼지처럼 부스러질 것만 같은 표본들을 식물 도감의 그림과 비교해 보곤 했다. 바싹 말라 있는 데다 원래의 색을 잃어버려서 그런지 그림 속 식물과는 확연하게 달라 보였다.

색을 잃어버린 것들……. 할아버지 온실 속의 식물들에서도 색을 찾아볼 수가 없었다. 게다가 천장의 전구들은 따스함이라곤 전혀 머금지 않은 채 하얗고 차가운 불빛만 내뿜었다. 나는 겨울의 햇살이 그 전구 불빛을 닮았으리라고 짐작했다.

온실 안으로 두어 발자국 더 들어가 주위를 둘러보았다. 온실의 한가운데와 사방의 벽을 따라 테이블이 길게 놓여 있었다. 테이블에는 화분이 잔뜩 놓여 있었는데, 언뜻 보아도 수천 개는 될 것 같았다. 대부분은 텅 비어 있었다. 화분 속의 거뭇거뭇한 흙이 나를 향해 입을 헤벌리고 있는 것만 같았다. 그나마 몇몇 화분에는 식물들이 자라고 있었다.

흙 속에서 고개를 내밀고 있는 작은 식물들을 손으로 조심스레 만져 보았다. 조그마한 초록색의 잎들이 천장의 불빛을 향해 고개를 힘껏 치켜들고 있었다. '당근'이라는 이름표가 붙어 있는 상자가 눈에 띄었다. 흙 위에는 빛바랜 녹색을 머금은 채 금방이라도 쓰러질 듯이 연약해 보이는 줄기가 가까스로 머리를 내밀고 있었다.

나는 그중에서 하나를 뽑아 올렸다. 뿌리가 미처 흙 속에 자리를 잡지 못했는지 쉽게 뽑혔다. 줄기 아랫부분에 연노란색의 조그만 당근이 붙어 있었다. 여느 당근들처럼 군데군데 자그마한 혹이 달려 있었는데 언뜻 사람의 코처럼 보였다. 그 때문일까? 마치 당근이 슬픔에 잠긴, 아주 자그마하고 배배 마른 사람처럼 느껴졌다.

"아유, 불쌍하기도 해라……."

나는 당근을 향해 나직하게 속삭였다. 그러고 나서 좀 더 안쪽으로 들어갔다. 모퉁이 아래쪽 선반에는 작은 배나무 세 그루가 서 있었다. 할아버지는 자주 광주리에 배를 담아 와서 마을 아이들에게 나눠 주곤 했다. 배를 한입 베어 물었을 때 입속으로 퍼지는 단맛은 그 무엇과도 비교할 수 없었다.

하지만 온실의 배는 우리가 맛보았던 것과 너무나 달랐다. 마치 오랫동안 나뭇가지에 매달려 있었던 양 작고 쭈글쭈글한 것이 영 볼품이 없었다. 나는 조심스레 배를 만져 보았다. 그 순간, 배가 가지에서 톡 떨어져 나와 바닥으로 데굴데굴 굴렀다.

"앗, 미안해."

나는 얼른 배를 주워 올렸다. 나 때문에 그 배가 사각사각하게 단맛을 머금은 열매로 자랄 기회를 잃어버렸다고 생각하니까 너무나 슬펐다. 배를 손에 든 채 어쩔 줄 몰라 하며 한동안 그 자리에 우두커니 서 있었다.

그때 등 뒤에서 문이 열리는 소리가 들렸다. 나는 얼른 고개를 돌렸다.

할아버지였다. 몰아치는 비바람 속에 있다가 온실로 들어온 할아버지는 내가 거기 있다는 것을 미처 눈치채지 못한 듯했다. 축축하게 젖은 장화를 신은 발로 성큼성큼 걸어 테이블 쪽으로 가더니, 흙이 들어 있는 자루를 그 위에 내려놓았다. 그러다 나를 발견하고는 눈을 둥그렇게 떴다.

"릴리아?"

"네, 저예요."

거기 서 있는 사람은 나뿐이었지만, 왠지 그렇게 대답해야 할 것만 같았다. 문득 할아버지에게 도시락을 전해 주기 위해 여기까지 왔다는 데 생각

이 미쳤다. 나는 재빨리 주머니에서 빵을 꺼냈다.

"이걸 두고 가셔서……. 온실 문을 두드려 보았지만 아무 소리도 들리지 않았어요. 저는 할아버지가 일에 열중하시느라 제 목소리를 듣지 못하시는 줄 알고……. 빵을 밖에 두고 가면 비에 젖어서 축축해지니까요."

내 입에서는 흐르는 시냇물처럼 쉴 새 없이 말이 쏟아져 나왔다. 할아버지의 눈이 점점 가늘어지더니 이마에 주름이 깊게 파였다.

"그럼, 이제 빵을 내려놓고 가 봐."

나는 테이블 위에 빵을 내려놓았다.

"너는 글자를 읽을 수 없니?"

"아뇨……, 조금은…… 읽을 수 있어요."

예전에는 우리 마을에도 학교가 있었다. 그 학교는 어른들이 원할 때만 문을 열었다. 그러다 몇 년 전부터 학교가 아예 사라져 버렸다. 아무도 글을 배우고 셈하는 법을 배우는 것이 중요하다고 여기지 않았기 때문이다.

"문에 뭐라고 적혀 있었지?"

할아버지가 다그치듯 물었다.

"'외부인 출입 금지'라고 적혀 있었어요."

"거기서 외부인은 바로 너야."

"저도 알아요. 하지만 빵 때문에……."

"그래, 알았다. 순전히 빵 때문이라는 말이지?"

잠시 침묵이 흘렀다. 온실의 유리 천장이 바람에 흔들려 삐걱거리는 소리를 냈다.

"네……. 그럼, 이따 집에서 뵐게요."

나는 슬픔을 머금은 듯한 작은 식물들에 관해선 단 한 마디도 물어보지 못한 채 조용히 온실을 나섰다. 물론, 마을 사람들의 유일한 기쁨인 할아버지의 싱싱한 과일과 채소를 어디서 가져오는 것인지도 묻지 못했다.

터벅터벅 걸어서 집으로 돌아가는 길에는 바람이 몹시 세차게 불었다. 차가운 바람이 비옷에 달린 모자를 헤집는가 싶더니, 이내 빗방울이 뒷목을 타고 옷 속으로 흘러내렸다. 온몸이 떨렸다. 한기 때문이기도 했지만, 부끄러움과 민망함이 훨씬 더 컸다. 할아버지의 규칙을 어겼기 때문에, 할아버지가 화를 냈기 때문에, 할아버지에게 궁금한 것을 단 하나도 묻지 못했기

때문에 너무나 민망하고 부끄러웠다.

집 앞에 거의 다다랐을 무렵, 모퉁이 뒤에서 거뭇거뭇한 그림자가 휙 사라졌다. 나는 발을 뚝 멈추었다. 두어 발자국 뒤로 돌아가, 혹시라도 누가 있는지 조심스레 살펴보았다. 하지만 그곳에는 아무도 없었다.

다시 천천히 발걸음을 옮겼다. 온몸이 부르르 떨렸다. 한기 때문만은 아니었다. 누군가가 나를 지켜보고 있다는 생각이 들어서였다. 전에도 그런 느낌에 휩싸였던 적이 있었다. 그 느낌은 집 밖에 있을 때나 길을 걸을 때 더 자주 나를 덮쳤다. 숲과 가까운 장소에 있을 때면 특히 더 그랬다.

하지만 도대체 누가 이 우울하고 밋밋하기 짝이 없는 내 삶을 들여다보기 위해 시간을 투자하는 바보짓을 할까? 그런 일을 할 사람은 아무도 없을 것이다. 어쩌면 그림자를 보았다고 생각하는 것은 단지 나의 느낌에 불과할지도 몰랐다. 그럼에도 불구하고, 그 불쾌한 기분을 쉽사리 떨쳐 낼 수가 없었다. 그래서 집에 도착할 때까지 종종걸음으로 거의 뛰다시피 하며 걸었다.

나는 기분이 좋지 않을 때나 기분 나쁜 일을 경험할 때면 다락방에 올라가 커다란 상자 옆에 앉아 있곤 했다. 이번에도 서둘러 다락방을 찾았다. 상자 뚜껑을 열고 식물 도감을 꺼냈다. 책장을 펼치자 '마리아앵초'(유럽·중앙 아시아·동아시아 등에서 자라는 허브의 한 종류) 그림이 눈에 띄었다.

엄마 이름은 마리아였다. 나는 그 꽃을 볼 때마다 엄마를 떠올렸다. 그 꽃을 어찌나 자주 찾아봤던지, 그 페이지가 저절로 펼쳐질 정도였다. 그 꽃은 내가 아는 꽃들 중에서 가장 아름다웠다. 리본 장식처럼 동그랗게 둘러싼 푸른 잎 위로 길게 뻗어 오른 줄기, 그 위에 자리한 노란색 꽃잎은 마치 황금색 햇살이 빛을 발하는 것만 같았다. 그것은 봄에 피는 꽃이었다.

문득 봄이 어떤 것인지, 엄마와 함께 사는 것이 어떤 느낌인지 전혀 모르는데도 엄마와 봄이 몹시나 그리워졌다. 책을 꼬옥 끌어안아 보았다. 하지만 내 가슴속에 나 있는 커다란 구멍은 조금도 메워지지 않았다.

그날 저녁, 할아버지는 꽤 늦게 온실에서 돌아왔다. 나는 침대에 누워 문틈으로 어른거리는 할아버지의 그림자를 보았다. 할아버지는 내게 아무 말도 하지 않았다. 내가 자고 있을 것이라고 생각했는지, 옷걸이에 외투를 걸어 놓고서 벽난로 쪽으로 성큼성큼 걸어갔다. 벽난로에서는 아직 장작이 타고 있었다. 할아버지가 돌아오기 전, 나는 젖은 장작에 불을 붙이느라 무진 애를 썼다. 활활 타오르는 불꽃 때문에 할아버지 얼굴이 일그러져 보였다.

나는 할아버지가 무서운 사람은 아니라고 생각했다. 할아버지에게 궁금한 걸 물어보는 것도 무서운 일은 아닐 터였다. 어차피 대답을 해 줄지 말지는 할아버지가 결정할 문제였다.

이불을 걷어내고 벽난로 쪽으로 살금살금 기어가 할아버지 옆에 앉은 뒤, 시린 발을 녹이기 위해 불꽃 쪽으로 두 다리를 쭉 뻗었다.

"할아버지!"

"릴리아, 아직 안 잤니?"

"오늘…… 고마웠어요."

나는 최대한 상냥하게 말하려 애썼다.

"음……, 그래."

할아버지는 나를 슬쩍 돌아보며 대답했다.

"내일은 마을에 채소를 가져오는 날이잖아요. 그래서 할 일이 무척 많으실 것 같아요."

"음, 그렇게 생각하니?"

"그처럼 조그마한 싹들을 하루 만에 커다란 채소와 과일로 키워 내는 건 쉽지 않은 일이잖아요."

할아버지가 나를 지그시 바라보았다. 할아버지의 눈동자를 보는 순간, 내 심장이 콩콩 뛰기 시작했다.

"사실은 네가 보면 안 되는 것이었단다. 나 외의 다른 사람들 눈에 절대로 띄지 않아야 했던 것이었어."

"아……!"

내 입에서 작은 신음 소리가 튀어나왔다.

"네가 본 것을 잊어버리라고 말할 수가 없구나. 네가 그것을 잊지 못하리라는 걸 잘 알고 있으니까. 하지만 오늘 일은 아무에게도 말하지 말아야 해. 약속할 수 있겠니?"

"왜 그래야 하는데요?"

"왜냐하면 내가 그렇게 말했기 때문이지."

나는 숨을 들이쉬며 허리를 쭉 폈다.

"그건 좋은 대답이라 할 수 없어요."

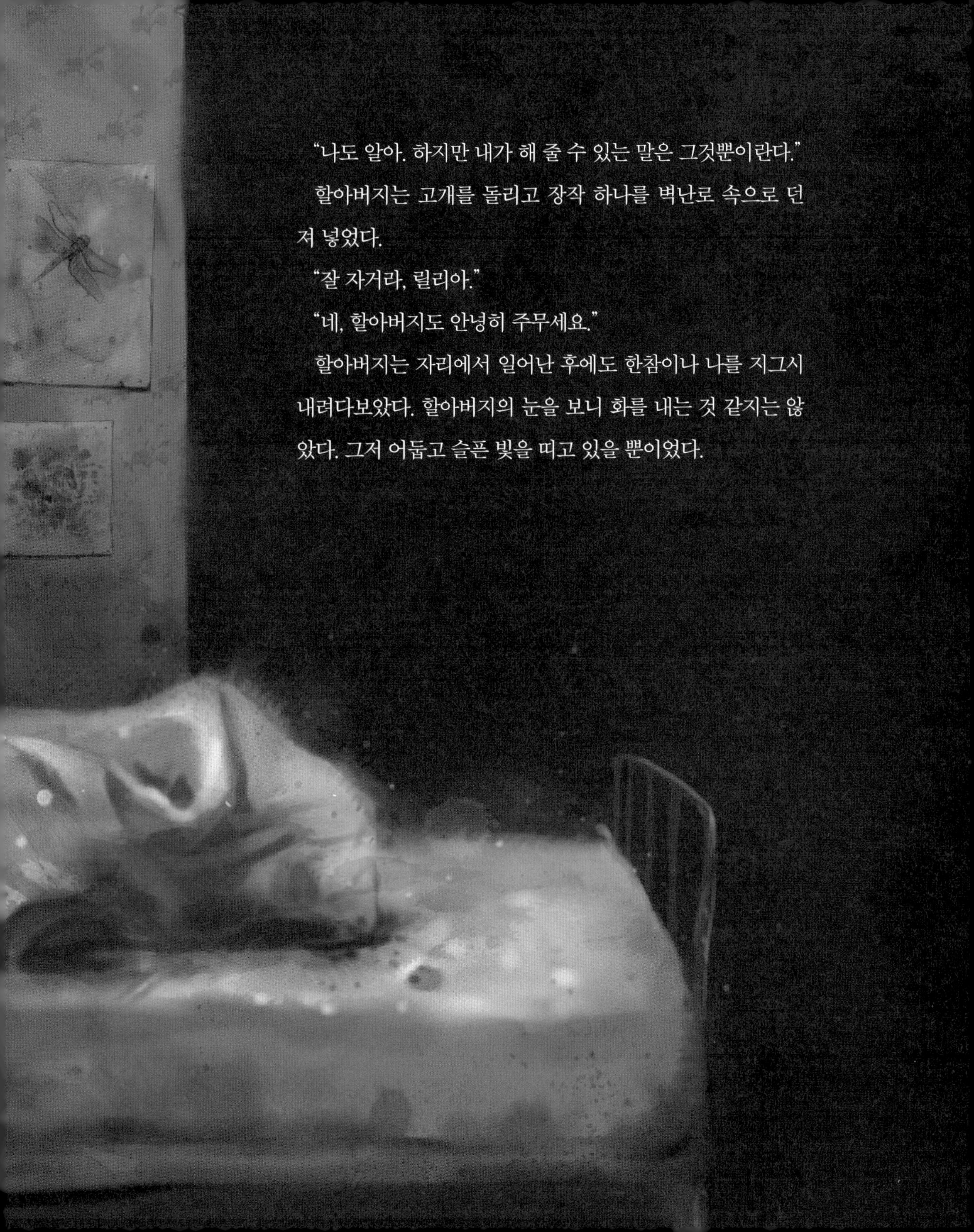

"나도 알아. 하지만 내가 해 줄 수 있는 말은 그것뿐이란다."

할아버지는 고개를 돌리고 장작 하나를 벽난로 속으로 던져 넣었다.

"잘 자거라, 릴리아."

"네, 할아버지도 안녕히 주무세요."

할아버지는 자리에서 일어난 후에도 한참이나 나를 지그시 내려다보았다. 할아버지의 눈을 보니 화를 내는 것 같지는 않았다. 그저 어둡고 슬픈 빛을 띠고 있을 뿐이었다.

비밀의 문 3

다음 날 아침 할아버지가 온실에 가기 위해 집을 나설 때, 나는 평소와 다름없이 잘 다녀오라는 인사를 건넸다. 할아버지도 여느 때와 똑같이 말을 걸어왔다.

"오늘은 뭘 할 생각이니?"

"밖에 나가서 놀 거예요."

"그래, 재미있게 잘 보내거라."

나는 할아버지가 대문을 나선 후, 마치 온 세상의 시간이 내 것인 양 느긋하게 침대 위에 앉아 있었다. 할아버지의 뒷모습이 길모퉁이에서 사라지는 순간, 재빨리 스웨터를 껴입은 후 장화를 신고 비옷을 걸쳤다. 그러고는 할아버지의 뒤를 살금살금 따라갔다.

저 멀리 골목길 끝에 할아버지의 뒷모습이 보였다. 나는 할아버지와 적당한 거리를 유지하며 마을을 가로질렀다. 할아버지는 성큼성큼 걸으며 만나

는 사람들에게 손을 들어 인사를 건넸다. 가끔은 채소를 곧 가져올 거냐고 물어오는 사람들 때문에 걸음을 멈추기도 했다. 다행히도 내가 뒤를 밟고 있다는 사실은 눈치채지 못한 것 같았다.

이윽고 할아버지가 온실에 도착했다. 온실 문을 열고 안으로 들어선 할아버지는 한동안 밖으로 나오지 않았다. 나는 나무 뒤에 숨어서 기다렸다. 기다리고 또 기다렸다. 온실 안에서는 아무 소리도 들리지 않았다. 점점 발이 시려 와서 도저히 가만히 서 있을 수가 없었다. 제자리에서 폴짝폴짝 뛰며 발을 녹여 보려 했지만 전혀 도움이 되지 않았다.

결국 온실 문 쪽으로 살금살금 다가갔다. 문에 얼굴을 대고 귀를 기울여 보았지만, 그 안에서는 아무 소리도 들리지 않았다. 온실을 빙 돌아 찢어진 종이가 붙어 있는 유리창 쪽으로 가 보았다. 허리를 굽히고 찢어진 종이 틈새로 안을 들여다보았다. 어제 보았던 것과 딱히 다른 게 없었다.

이번에는 온실 뒤편으로 가 보았다. 숲과 이어진 오솔길에는 덤불이 무성했다. 조심조심 더 가까이 다가가자 무언가가 눈에 띄었다. 덤불 사이에 숨겨져 있는 작은 문……. 어제는 보지 못했던 온실의 뒷문이었다. 할아버지만 알고 있는 비밀의 문일까? 문 쪽으로 다가가 조심스레 열어 보았다. 그러고는 문 안으로 얼굴을 들이밀고 사방을 둘러보았다. 온실은 텅 비어 있었다. 할아버지가 온실 앞문으로 들어간 뒤, 아무도 모르는 그 비밀스런 뒷문을 통해 밖으로 나간 모양이었다. 몸을 돌려 덤불 사이의 오솔길을 바라보았다. 놀랍게도 그 길은 들판을 지나 숲으로 이어져 있었다.

나는 재빨리 발을 옮겨 들판을 가로질렀다. 조금만 더 서두르면 할아버지를 발견할 수 있을 것이라는 생각이 들었다. 하지만 숲에 가까이 가면 갈수록 발걸음이 점점 느려졌다. 커다랗고 뾰족한 전나무 가지들이 어둠 속에서 나를 노려보는 것만 같았다. 왠지 모르게 등골이 서늘했다.

나는 겁에 질린 나머지 발걸음을 뚝 멈추었다. 그러고는 나무 사이로 길게 뻗은 오솔길을 뚫어지게 바라보았다. 만약 할아버지가 이 길을 지나 숲 속으로 들어갔다면, 숲은 우리가 생각하는 것처럼 그리 무시무시한 곳이 아닐 수도 있을 듯했다. 아니, 어쩌면 할아버지는 두려움을 무릅쓰고 어쩔 수 없이 숲속으로 들어갔을지도 모른다. 숲속에 할아버지에게 진정으로 꼭 필요한 무언가가 있을지도 모르는 일 아닌가.

나는 가만히 서서 생각에 잠겼다. 습기를 머금은 서늘한 공기 때문에 숨을 쉴 때마다 하얀 입김이 생겼다. 문득 커다랗고 퀭한 눈을 가진 톰의 창백하고 자그마한 얼굴이 떠올랐다. 오솔길을 따라가면 음식이 있는 곳을 찾을 수 있지 않을까? 그렇다면 톰에게 당근을 가져다줄 수 있을지도 모른다. 생각지도 못했던 당근을 얻고서 기뻐하는 톰의 모습이 눈앞에 아른거렸다.

나는 톰의 미소를 떠올리며 숲을 향해 한 발짝 내딛었다. 그 순간, 고요함을 머금은 한기가 온몸을 훅 덮쳤다. 허리를 굽혀 부드러운 이끼 한 조각을 집어 들었다. 녹색 담요처럼 보였던 이끼가 실제로는 매우 자그마한 식물들로 이루어져 있었다. 이끼 하나하나가 마치 작은 나무처럼 보이기도 했다. 이끼 한 줌을 손에 쥐고 다시 걷기 시작했다.

전나무 사이로 난 오솔길은 한참이나 구불구불 이어졌다. 오솔길의 완만한 오르막을 걷다 보면 결국엔 산꼭대기에 이를 수도 있을 것 같았다. 머리 위에선 나뭇가지 사이로 회색 하늘이 보였다. 가끔은 커다란 나뭇잎 위에 모인 빗방울이 한꺼번에 후두둑 쏟아져 내리기도 했다.

나는 저 멀리서 커다란 새들이 날갯짓을 할 때마다 두려움에 빠져 몸을 움츠렸다. 지렁이를 부리에 물고 있는 까마귀……. 언젠가 할아버지는 까마귀가 매우 영리한 데다 눈에 보이는 것이라면 무엇이든 다 먹을 수 있기 때문에 어디서든 살 수 있는 새라고 말했다.

숲속에는 까마귀 말고는 살아 있는 동물이 하나도 보이지 않았다. 눈에 띄는 것이라곤 이끼와 전나무, 그리고 나뭇가지 사이에서 까악까악 울어 대는 까마귀뿐이었다. 숲 안쪽으로 들어갈수록 오솔길의 흔적이 점점 더 희미해졌다. 마치 이끼가 오솔길을 삼켜 버린 것만 같았다. 지나온 길을 돌아보려 고개를 뒤로 돌리는 횟수가 점차 늘어났다. 할아버지가 지나간 길을 제대로 따르고 있는지 확인하기 위해서였다.

어느덧 오솔길이 사라져 버렸다. 나는 숲속에 덩그러니 홀로 서 있었다. 눈앞에는 오랫동안 아무도 찾지 않은 듯한 야생의 숲이 펼쳐져 있었다. 두어 발자국 뒷걸음질을 쳤다. 내가 남긴 발자국을 찾아보았지만, 아무것도 보이지 않았다. 숨이 가빠졌다. 나뭇가지 두 개를 찾아 발밑에 십자 표시를 한 뒤, 돌아가는 길을 찾기 위해 연방 주위를 두리번거렸다. 십자 표시를 중심으로 한

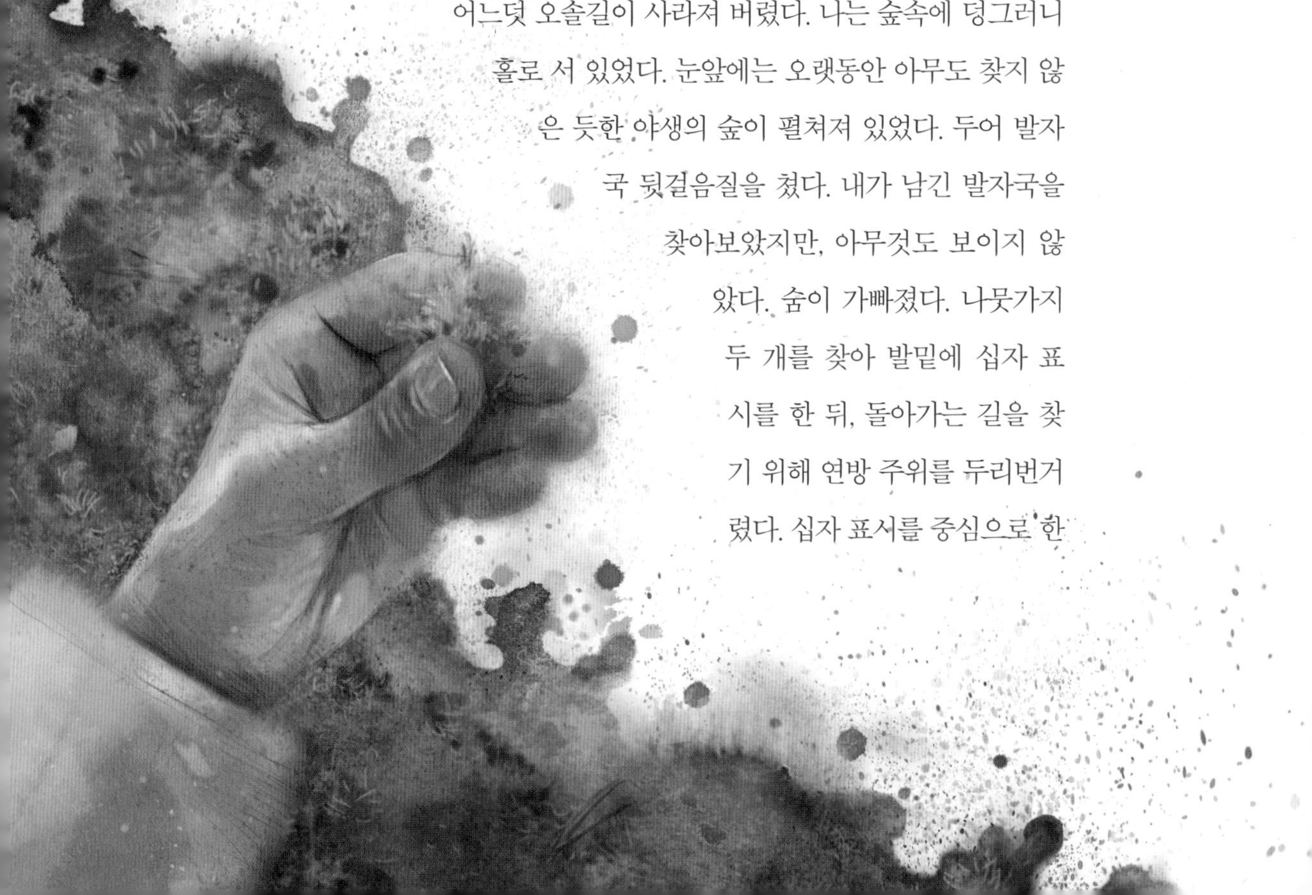

바퀴 빙 돌아보았지만, 여전히 오솔길의 자취는 찾아볼 수 없었다. 좀 더 큰 원을 그리며 다시 한번 돌아보았다. 역시나 마찬가지였다. 아무것도 보이지 않았다.

이번에는 좀 더 멀리 나가 보았다. 발을 옮기면서도 오솔길의 자취를 찾기 위해 몇 번이나 허리를 굽혀 땅을 살펴보았다. 분명히 여기 있었는데, 분명히 오솔길을 따라 여기까지 왔는데…… 아무것도 찾을 수가 없었다. 나는 다시 나뭇가지로 십자 표시를 해 둔 곳으로 되돌아갔다. 갑자기 화가 치솟았다. 아무 생각도 없이 무작정 숲속으로 들어온 나 자신에게 화가 났다. 단지 톰에게 당근을 갖다 주고 싶었을 뿐이었다. 이 모든 것은 당근 때문이었다. 그리고 바보 같은 나의 호기심 때문이었다.

나는 나뭇가지를 발로 힘껏 걷어찼다. 나뭇가지는 소리 없이 어디론가 사라졌다. 두려움에 빠져 숨을 몰아쉬며 곰곰이 생각에 잠겼다. 그러고는 한참 동안 어두운 숲속에 홀로 서 있었다. 집으로 되돌아가기 위해서 어디로 가야 할지 종잡을 수가 없었다. 절망에 빠진 나머지, 축축한 이끼 위에 털썩 주저앉았다. 엉덩이가 축축하게 젖어 왔지만 조금도 개의치 않았다. 입이 바짝 마르기 시작했다. 배도 고팠다.

여기서 홀로 죽을지도 모른다는 생각이 스쳤다. 나의 마지막 순간을 지켜 주는 것은 이끼와 까마귀뿐. 두 손으로 머리를 감싸 쥐었다. 가슴이 답답해지기 시작했다. 숨을 쉬는 것도 힘들었다. 이젠 모든 것이 끝장났다는 암담한 생각이 머리를 스쳤다. 그 순간, 녹색의 한 줄기 빛이 내 곁을 스쳤다. 나는 재빨리 고개를 돌려 나뭇가지 사이를 바라보았다. 무언가가 내게로 다가오고 있었다. 그것은 투명한 날개와 노란 눈을 가진 녹색 곤충이었다.

잠자리.

나는 잠자리를 놀라게 하지 않으려고 숨을 죽인 채 조용히 그 자리에 앉았다. 잠자리는 마치 그곳에 자기가 있다는 것을 알려 주기라도 하듯, 내 눈앞을 빙빙 돌더니 어디론가 날아가기 시작했다. 나는 여전히 꼼짝도 하지 않고 앉아서 나뭇가지 사이로 날아가는 잠자리를 눈으로 좇았다.

잠시 후, 용기를 내어 자리에서 일어났다. 그러고는 잠자리 뒤를 무작정 따라 달렸다. 저 멀리 굵은 나무둥치 사이로 희미하게 녹색 빛이 보였다. 빛은 한순간 반짝이더니 곧 사라졌다. 나는 빛을 향해 재빨리 발을 옮겼다.

잠자리는 내 주변에서 쉴 새 없이 날갯짓을 했다. 마치 어딘가로 나를 인도하려는 것 같았다. 나는 잠자리를 놓치지 않기 위해 쉬지 않고 달렸다. 잠자리의 녹색이 너무나 밝고 선명해서, 지금까지 내가 보았던 녹색은 그저 모방에 불과하다는 생각마저 들었다. 숨이 차고 땀이 나기 시작했다.

문득 오솔길을 찾아야 한다는 생각에 발을 멈추었다. 그러다 이젠 상관없다는 생각이 바로 뒤를 이었다. 오솔길에서 벗어난 지 이미 오래였다. 지금 내가 의지할 수 있는 것이라곤 그 이상한 곤충 한 마리뿐이었다.

그런데 별안간 잠자리가 사라졌다. 마치 숲의 어둠이 잠자리를 삼켜 버린 것처럼. 나는 다시 달리기 시작했다. 하지만 잠자리는 그 어디에서도 보이지 않았다.

"안 돼!"

나는 힘껏 소리를 질렀다.

"안 돼! 안 돼!"

그때 누군가가 내게 대답을 해 주었다. 그 소리는 일정한 리듬으로 내 귓전에 부딪혔다. 나는 바닥에 털썩 주저앉았다가 재빨리 일어났다. 내 귀에 들렸던 것이 무엇인지 깨달았기 때문이다.

"안 돼!"

나는 다시 소리를 질러 보았다. 내게 대답을 돌려준 건 바로 내 목소리였다.

"안 돼! 안 돼!"

메아리였다. 내 목소리를 실은 메아리……. 메아리를 들을 수 있다는 건 근처 어디엔가 산등성이가 있다는 의미였다. 나는 메아리가 들려온 쪽으로 서둘러 발을 옮겼다. 그와 동시에 잠자리가 다시 내 앞에 모습을 드러냈다. 잠자리는 조용히 날갯짓을 하며 허공에 머물렀다. 마치 내게 따라오라고 하는 것처럼. 내 짐작은 틀리지 않았다. 잠자리 뒤에 가파른 산등성이가 자리하고 있었다. 잠자리는 산등성이를 향해 천천히 날아가기 시작했다. 이번에는 숨 가쁘게 달리지 않고서도 잠자리를 뒤따를 수 있었다. 잠자리는 조그마한 산길로 날아갔다. 문득 어디선가 형언할 수 없는 향이 흘러와 코끝을 간질였다. 나는 깊게 숨을 들이쉬었다. 향이 온몸을 가득 채우자, 무겁던 두 다리가 가벼워지고 양볼이 생기로 달아올랐다.

"아!"

나는 너무나 기뻐 탄성을 내뱉었다. 그러고는 다시 걷기 시작했다. 이처럼 아름다운 향기가 나는 곳이라면 절대 위험하지 않으리라는 생각이 스쳤다. 발걸음이 더 빨라졌다. 그때 갑자기 등 뒤에서 나뭇가지가 툭 끊어지는 소리가 들렸다. 나는 얼른 작은 바위 뒤에 몸을 숨겼다.

누군가가 구부정하게 허리를 굽힌 채 터벅터벅 걸어오고 있었다. 할아버지였다. 할아버지는 텅 빈 광주리를 등에 메고 있었다. 산길이 시작되는 곳에 이르자 광주리를 땅에 내려놓았다. 빛이 새어 나오는 산길 안쪽으로 두어 발자국 더 들어가더니 허리를 굽혀 무언가를 집어 들었다. 또 다른 광주리였다. 그것은 할아버지가 등에 메고 왔던 광주리와 똑같이 생겼는데, 놀랍게도 그 안에 채소와 과일이 가득 차 있었다.

나는 소리를 지르지 않기 위해 두 손으로 입을 틀어막았다. 그런데 나도 모르는 사이에 입 밖으로 소리가 새어 나왔던 것일까? 할아버지가 몸을 쭉 펴고 내가 있는 쪽을 뚫어지게 바라보았다. 나는 할아버지 눈에 띄지 않기

위해 몸을 잔뜩 웅크렸다.

다행히도 곧, 멀어져 가는 할아버지의 발자국 소리가 들렸다. 나는 살그머니 고개를 들고 할아버지의 뒷모습을 보았다. 할아버지는 채소와 과일이 가득 들어 있는 광주리를 등에 메고 왔던 길을 되돌아가고 있었다. 나는 할아버지의 발소리가 완전히 사라진 후에야 바위 뒤에서 몸을 일으켰다.

할아버지가 다녀간 오솔길이 선명히 눈에 들어왔다. 그 길을 따라가면 할아버지의 온실로 되돌아갈 수 있을 듯했다. 다시 몸을 돌렸다. 눈앞에는 산길이 뻗어 있었고, 아름다운 향기가 조금 전보다 더욱 강하게 느껴졌다.

그 순간, 어디선가 잠자리가 다시 나타나 내 눈앞에서 춤을 추듯 날갯짓을 했다. 이번에는 한 마리가 아니었다. 두 마리, 아니 세 마리가 더 있었다. 노란색, 파란색, 그리고 청록색 잠자리.

나는 어두컴컴한 숲과 축축한 오솔길은 돌아보지도 않은 채 눈앞에 뻗은 산길을 향해 걷기 시작했다.

수상한 정원

4

산길은 비좁았지만 전혀 어둡지 않았다. 안으로 들어갈수록 길 위를 비추는 빛이 점점 더 강해졌다. 길 양옆에는 갖가지 식물과 꽃이 자라고 있었다. 발걸음을 옮길수록 경치가 더욱더 아름다웠다. 파란 제비꽃, 하얀 덩굴별꽃, 노란 미나리아재비꽃. 나는 손을 뻗어 조심스레 꽃잎을 어루만져 보았다. 다락방의 식물 표본첩에서 보았던, 바짝 마르고 딱딱한 꽃잎과는 달리 너무나 부드러웠다. 문득 발밑의 땅이 달라졌다는 느낌이 들었다. 발아래를 내려다보자 짙은 녹색의 이끼가 아니라 파릇파릇한 잔디가 펼쳐져 있었다. 게다가 기분 좋은 향기는 발을 옮길수록 더 강렬해졌다.

그때 어디선가 이상한 소리가 들려왔다. 처음엔 낯설고 기이한 소리라 생각했지만, 아주 어렸을 때 들어 본 것 같기도 했다. 어렴풋한 기억 속에 남아 있는 소리……. 그것은 바로 바람에 흔들리는 나뭇잎 소리였다. 새소리도 들려왔다. 마을의 까마귀가 울어 대는 소리와는 너무도 달랐다. 마치 세

상에서 가장 아름다운 소리 같았다.

산길은 점점 넓어졌다. 내 발걸음이 더 빨라졌다. 마침내 산길 끝에 이르렀다. 나는 걸음을 멈추고 한참 동안 제자리에 가만히 서 있었다.

"아!"

이젠 절로 입 밖으로 새어 나오는 감탄의 소리를 막을 필요가 없었다.

"아!"

색색의 꽃으로 가득한 푸른 골짜기를 보는 순간, 나도 모르게 눈물이 왈칵 앞을 가렸다. 나는 손등으로 눈물을 닦았다. 눈물을 흘릴 필요가 없다는 생각이 들어서였다.

골짜기는 산으로 둘러싸여 있었다. 저 멀리 아득한 산꼭대기 위로 회색 하늘이 펼쳐져 있었지만, 키 큰 자작나무가 천장처럼 머리 위를 빽빽하게 덮고 있어서 거의 보이지 않았다. 자작나무 이파리들이 산들바람에 기분 좋게 흔들거렸다. 발밑에는 푸르른 잔디와 예쁜 꽃들이 만발해 있었다. 식물 도감에서 보았던 갖가지 꽃들, 실제로는 볼 수 없으리라 믿었던 색색의 꽃들……. 나는 그 꽃들에게 일일이 인사를 건네고는 두어 송이를 꺾어 손에 쥐었다.

"안녕, 카네이션? 안녕, 물망초……? 아, 너는 물망초가 아닌 것 같구나. 혹시 미나리꽃이니?"

나는 계속해서 걸어갔다. 빨간 사과가 주렁주렁 열린 사과 나무 한 그루를 지나쳤다. 그 옆에는 하얀 사과꽃이 잔뜩 피어 있었다. 그것은 마치 빨랫줄에 걸어 놓은 갓난아기의 배냇옷처럼 보였다. 배나무에도 꽃이 한가득 피어 있었다. 머지않아 저 배나무에도 열매가 주렁주렁 열리겠지.

저만치에 있는 자두나무도 마찬가지였다. 나는 손을 쭉 뻗어 자두 한 개를 조심스레 땄다. 자두는 설익은 듯 조금 딱딱했다. 나무에 며칠 더 매달려 있어야 할 것 같았다. 하지만 유혹을 이기지 못하고 자두를 한 입 베어 물었다. 순간, 입속에서 퍼지는 그 맛이란! 상큼함과 달콤함이 동시에 혀 위에서 춤을 추는 것 같았다.

나는 잔디밭에 벌러덩 드러누웠다. 너무나 더워 비옷을 벗었다. 나비 몇 마리가 날갯짓을 하며 내 곁을 지나쳤다. 뒤이어 통통한 꿀벌 한 마리가 사과꽃을 향해 날아갔다. 그 순간, 어디선가 꾸륵꾸륵 하는 소리가 들려왔다. 재빨리 고개를 돌려 보았다. 암탉 세 마리가 줄을 지어 나란히 걸어오고 있었다. 그 뒤에는 하얀 토끼 두 마리가 깡충깡충 뛰어왔다.

그 모습을 보고 있자니 미소를 짓지 않을 수가 없었다. 비록 그곳에는 나 혼자뿐이었지만, 외롭다는 느낌이 전혀 들지 않았다. 나는 이 동물들과 곤충들과 새들과 함께 영원히 살았으면 좋겠다고 생각했다. 그곳에 살면 매일 매일 싱싱한 채소와 과일로 배를 채울 수 있으리라.

그런데 그곳에 나와 키가 비슷한 소년 한 명이 서 있었다. 금발 머리카락이 눈부실 정도로 하얗게 빛을 발했다. 오버롤 차림의 소년은 언뜻 정원사처럼 보였다. 허리에 작은 삽과 곡괭이가 담긴 연장 벨트가 축 늘어져 있는데다 무릎은 흙이 묻어 거뭇거뭇했다. 눈동자는 연한 갈색이었고, 분홍빛 양볼에는 보조개가 있었다.

나는 소리 없이 부드러운 발걸음으로 잔디 위를 걸어오는 그 소년을 보며 착한 여우 같다고 생각했다. 내가 알고 있는 아이들과는 완전히 달랐다. 평생토록 단 한 번도 아파 본 적이 없어 보였다. 그 뒤에는 강아지 한 마리가 따라오고 있었다.

소년은 쉴 새 없이 강아지에게 말을 걸었다.

"강아지야, 이리 와. 여기! 그렇지. 여기 오면 간식을 줄게. 여길 봐!"

소년은 작은 딸기를 한 줌 따서 강아지에게 하나씩 던져 주었다. 강아지는 딸기를 냉큼 받아 삼키고는 열심히 꼬리를 흔들었다. 소년은 곧 나무 밑의 그네에 앉아 상체를 한껏 뒤로 젖혔다. 그네가 움직이기 시작하자 고개를 들어 하늘을 바라보았다. 소년의 아름다운 금발이 산들바람에 흔들렸다. 강아지는 꼬리를 흔들며 그네 주위를 뛰어다니다가 땅에 앉아 앞발을 가지런히 모으고 그 위에 머리를 얹었다.

나는 꼼짝도 하지 않고 서서 그들을 바라보았다. 별안간 내가 소년이었으면 좋겠다는 생각이 스쳤다. 나도 소년과 같은 삶을 살고 싶었다. 소년은 꽤 오랫동안 그네를 탔다. 나는 몸을 숨긴 채 소년을 계속 바라보았다. 어떻게 해야 할지 알 수가 없었다. 소년에게 다가가 말을 걸어 볼까? 바로 그 순간, 강아지가 벌떡 일어나 마구 짖기 시작했다.

"무슨 일이니?"

소년이 강아지에게 물었다. 강아지는 마치 대답이라도 하듯 소년을 향해 한 번 더 컹 짖었다.

"알았어."

소년은 한숨을 쉬며 대답했다. 그러고는 그네에서 내려와 어딘가로 걸어가기 시작했다. 나는 골짜기 깊숙한 곳으로 향하는 그들의 뒤를 살금살금 따라갔다. 주변의 경치가 조금씩 달라졌다. 나무와 풀이 더 빽빽해졌고, 더 짙은 푸른색을 띠었다. 꽃잎이 커지면서 색깔도 훨씬 강렬해졌다. 경치뿐 아니라 기온이 점점 더 올라가면서 빛이 더 환해졌다. 마치 골짜기를 둘러

싸고 있는 산이 온기를 뿜어 내는 것만 같았다.

소년은 산등성이 앞에서 걸음을 멈추더니 한숨을 무겁게 내쉬며 강아지에게 말했다.

"휴, 이제 일할 시각이 되었구나."

나는 발소리를 죽인 채 그들에게 좀 더 가까이 다가가 보았다. 소년은 산등성이 아래에 자리한 거대한 철문 앞에 서 있었다. 골짜기를 채웠던 뜨거운 기운과 밝은 빛은 바로 그 거대한 철문의 틈새에서 새어 나오고 있었다. 철문 위쪽에는 자그마한 창이 하나 있었다.

소년은 철문을 슬쩍 올려다본 후 다시 무겁게 한숨을 쉬었다. 곧, 몸을 굽혀 땅 위에 있던 무언가를 들어 올렸다. 거대한 모래시계였다. 소년이 모래시계를 돌려놓자, 위쪽에서부터 모래가 스르르 흘러내리기 시작했다. 소년은 땅 위에서 무언가를 또 들어 올렸다. 매우 크고 기다란 가죽 장갑이었다. 그걸 손에 끼더니 머리에 두꺼운 가죽 마스크를 덮어썼다. 마스크 밖으로 보이는 것은 소년의 두 눈뿐이었다.

"준비되었니?"

소년이 강아지에게 물었다. 가죽 마스크를 뚫고 나오는 목소리는 이상하기 그지없었다. 강아지는 나직하게 낑낑거리더니 몇 미터가량 뛰어가 덤불

속에 몸을 숨겼다. 소년은 철문 옆에 있는 사다리에 오르기 시작했다. 철문 위쪽의 자그마한 창에 이르자 소년이 강아지를 향해 소리쳤다.

"이제 시작할게!"

소년이 작은 창을 옆으로 밀어 여는 순간, 끼이익 하는 날카로운 금속성의 소리가 들렸다. 너무나 눈부신 빛 때문에 손으로 두 눈을 가려야만 했다. 철문 위의 자그마한 창에서 쏟아지는 빛은 골짜기 전체를 환하게 밝히고도 남을 만큼 강렬했다. 마치 모닥불 천 개를 한꺼번에 피워 놓은 것만 같았다.

처음에는 그 창에서 쏟아지는 강렬한 빛줄기를 정면으로 바라볼 수가 없었다. 하지만 시간이 흐르자 조금씩 익숙해지기 시작했다. 나는 조심스레 고개를 들어 골짜기를 둘러보았다. 푸른 나무와 아름다운 꽃들을…….

따스한 기운이 온몸을 감쌌다. 별안간 키가 몇 센티미터나 쑥 자란 듯한 기분이었다. 나무와 풀들도 마찬가지였다. 빛을 만난 골짜기의 식물들에게 믿을 수 없는 일이 생겨났다. 꽃봉오리들이 활짝 열렸다. 토마토는 더욱 빨개졌고, 블루베리는 더욱 검붉어졌으며, 오렌지는 더욱 샛노래졌다.

나는 소년을 바라보았다. 소년은 사다리에서 내려와 모래시계 옆에 앉았다. 가죽 마스크 사이로 드러난 두 눈은 모래시계에 고정된 채 움직일 줄을 몰랐다. 모래시계의 위쪽이 거의 비어 갈 무렵, 시간이 다 되었다고 생각했는지 소년이 몸을 일으켰다.

모래시계 윗부분이 텅 비자, 소년은 다시 사다리에 올라가 철문 위의 작은 창을 재빨리 닫았다.

"휴!"

소년은 강아지를 향해 안도의 한숨을 내쉬더니, 가죽 장갑과 마스크를 벗어 던졌다.

"이제 다 했어. 지금부터는 우리 마음대로 시간을 보낼 수 있지!"

강아지가 꼬리를 흔들며 짖었다.

"뭐야? 왜 그래?"

소년이 강아지에게 물었다. 강아지가 다시 꼬리를 흔들며 하품을 했다.

"나도 그래. 너무 피곤해."

소년은 빽빽한 나무 사이로 가볍게 걸어갔다. 안쪽의 나뭇가지에는 해먹이 걸려 있었다. 강아지는 빙글빙글 원을 그리며 뛰어다니다가 해먹 아래 자리를 잡

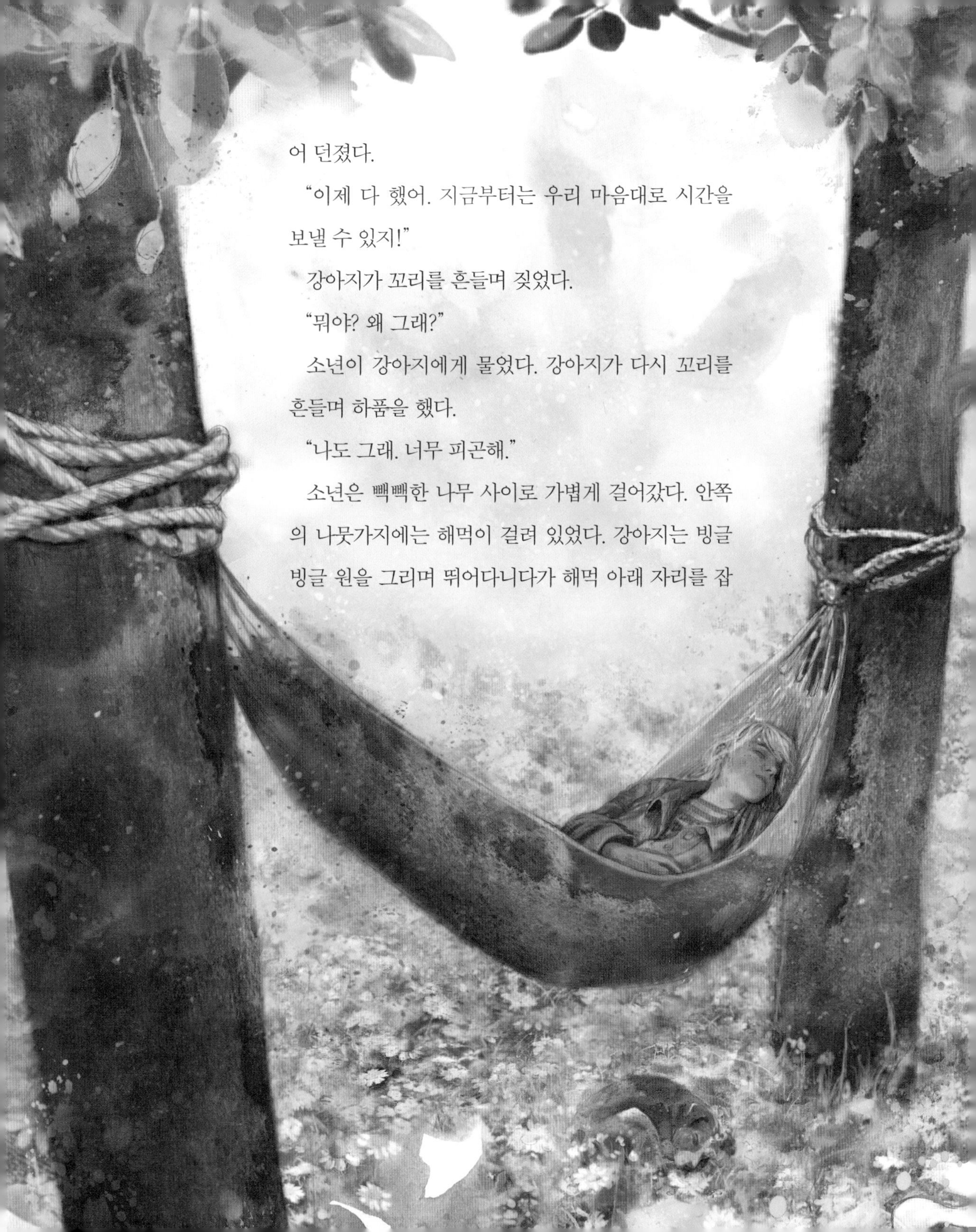

고 앉았다. 소년이 하품을 하며 해먹 위로 올라갔다.

"잘 자."

소년이 눈을 감았다.

나는 제자리에 가만히 서 있었다. 무엇을 해야 할지 알 수가 없었다. 그러다 용기를 내어 그들에게 더 가까이 다가가 보았다.

소년은 두 팔을 배에 얹은 채 해먹 위에 누워 있었다. 숨결이 나직하고 고른 것으로 미루어 보아 잠에 빠진 듯했다. 강아지 역시 앞발을 머리에 얹은 채 무거운 숨을 일정하게 내쉬었다. 망을 보는 데는 영 소질이 없는 것 같았다.

나는 소년을 물끄러미 바라보았다. 꽤 오랫동안 빗질을 하지 않은 듯 머리카락이 엉겨 덥수룩했다. 발그스름한 양볼은 커다랗고 빨간 딸기를 연상시켰다. 콧잔등에는 주근깨가 박혀 있었다. 마을 아이들 중에는 주근깨가 난 아이가 한 명도 없었다. 딸기처럼 빨간 볼을 가진 아이도 없었다. 내게도 빨간 양볼과 주근깨가 있다면…… .

소년은 통통하게 살이 올라 보기에 좋았다. 마치 튼튼하게 자란 식물의 건강한 줄기처럼 보였다. 아니, 작은 나무라 할 만했다. 세찬 비바람에도 끄떡하지 않는 튼튼하고 굳건한 자작나무. 그때 어디선가 파리 한 마리가 날아와 소년의 코 주위를 맴돌았다. 소년이 손을 휘저었다. 파리는 소년의 얼굴 주위에서 빙빙 돌더니 이마에 사뿐히 내려앉았다. 불현듯 소년이 눈을 떴다. 소년의 눈동자가 곧 나를 응시했다.

"어!"

소년은 몸을 벌떡 일으켰다. 강아지도 나를 보고 깜짝 놀라 마구 짖더니 해먹 위로 풀쩍 뛰어 올라갔다.

"아, 미안해! 정말 미안해!"

나는 얼른 그들에게서 멀찍이 떨어졌다.

"강아지야! 안 돼!"

소년은 나를 향해 짖어 대는 강아지를 진정시켰다.

"앉아!"

내가 보았던 동물 중에서 가장 재빠른 그 강아지는 소년의 말에 순순히 따랐다. 하지만 소년 옆에 앉은 후에도 연신 목에서 그르릉 소리를 내며 불만스런 눈초리를 내게 던졌다.

"미안해!"

나는 다시 사과했다.

"넌 이미 그 말을 두 번이나 했어. 아니, 세 번."

"응……."

"네가 미안해할 이유는 하나도 없어."

소년이 해먹에서 풀쩍 뛰어내려 내게로 다가오며 말을 이었다.

"그런데 넌……, 넌 정말 살아 있는 사람이니? 그러니까 내 말은……, 진짜 사람이냐고……."

"아마 그럴걸."

소년은 자신의 눈을 믿지 못하는 듯 손으로 머리를 긁적였다.

"어디서 왔니?"

"숲 건너편에 있는 마을에서 왔어."

소년은 내 팔을 조심스레 만져 보더니 갑자기 내 뺨을 꼬집었다.

"아얏!"

"네가 정말 살아 있는 사람인지 확인해 보고 싶어서 그래. 진짜 사람인지 확인해 보고 싶다고."

"응, 난 진짜 사람이야."

"넌 많이 말랐구나."

소년은 눈살을 찌푸리며 이렇게 말하고는 키 작은 활엽수 쪽으로 손을 뻗어 바나나 한 개를 땄다.

"이거 먹어."

나는 바나나를 받자마자 허겁지겁 먹어 치웠다. 소년도 바나나를 먹었다. 잠시 후, 소년은 입안에 바나나를 가득 담고서 내게 다시 말을 걸었다.

"난 여기서 낯선 사람을 한 번도 본 적이 없어."

"단 한 번도? 넌 여기서 혼자 살고 있니?"

소년이 고개를 끄덕였다.

"보다시피 강아지와 함께 살고 있어. 여기엔 암탉도 있고 토끼도 있지. 다른 동물들도 아주 많이 있고."

"그래도…… 가끔…… 외롭지 않니?"

"아냐, 전혀 그렇지 않아."

소년은 갈색 눈에 미소를 머금으며 대답했다. 진심인 것 같았다.

"솔직히 말하면, 여기서 다른 사람을 한 번도 본 적이 없다고 한 건 사실이 아니야. 사흘에 한 번씩 할아버지 한 분이 산길 입구까지 오시곤 해. 나는 그분을 위해서 채소와 과일이 가득 담긴 광주리를 준비해 놓지. 이곳에서 자라는 갖가지 채소와 과일을 따서 강아지와 내가 먹을 것을 빼고 광주리에 담아 그분에게 건네는 게 내 일이야. 대신에 그 할아버지 눈에 띄면 안 되기 때문에 잘 숨어 있어야 해. 가만 생각해 보니, 언젠가 그분이 나를 언뜻 본 것도 같아. 그날은 어쩐 일인지 여느 때와 달리 골짜기 안으로 깊숙이 들어오셨거든."

"그분은 내 할아버지야. 할아버지는 우리 마을에 먹거리를 가져오셔."

"그분이 네 할아버지라고? 할아버지가 있다니, 넌 참 행복하겠구나."

나는 고개를 끄덕이며 철문을 가리켰다.

"응, 그런데 저 철문 뒤에는 뭐가 있니?"

소년은 고개를 비스듬히 기울이며 내게 대답 대신 질문을 던졌다.

"뭐가 있을 것 같니? 한번 맞춰 봐."

"글쎄, 아주 뜨거운 것이 있을 것 같은데?"

소년은 열정적으로 고개를 끄덕였다.

"아주 큰 오븐이 있니?"

"아냐, 상상력을 좀 더 발휘해 봐."

"커다란 용?"

"넌 그런 동화 같은 이야기를 믿니?"

소년이 코웃음을 쳤다. 내가 어깨를 으쓱하자 소년이 한숨을 푹 내쉬었다.

"네 상상력은 아주 형편없구나."

"나도 알아."

"힌트를 줄게. 이 숲속에는 옛날 옛적에 하늘에 살던 그 무언가가 있어."

그 말을 듣는 순간, 내 심장이 세차게 뛰기 시작했다.

"그게 정말이니?"

"응, 저 철문 안에는 해가 있어."

소년이 미소를 지으며 고개를 끄덕였다. 나는 소년을 뚫어지게 바라보았다.

"해? 해가 있다고?"

"응."

"있을 수 없는 일이야. 어떻게……."

이번에는 소년이 어깨를 으쓱 추켜올렸다.

"충분히 있을 수 있는 일이야."

소년은 손을 쭉 뻗어 눈앞에 펼쳐져 있는 골짜기를 가리켰다.

"내가 하루에 두 번 저 창을 열어 주기만 하면, 이곳에 있는 풀과 나무들이 자라기에 적당한 빛과 온기를 얻을 수 있어."

"오!"

별안간 소년이 고개를 절레절레 저었다.

"바나나 한 개로는 부족하겠는걸. 넌 너무 말랐어. 나를 따라와."

소년은 내 팔을 잡고 산등성이를 따라 걷기 시작했다.

"여기 좀 봐. 오렌지랑 귤도 있어. 저기엔 각종 채소가 자라고 있고. 난 당근이랑 배추도 재배해. 감자는 특별히 많이 재배해야 하지. 늘 부족하거든."

"정말 맛이 좋아."

"뭐가?"

"네가 키운 감자 말야. 우리는 사흘에 한 번씩 그 감자를 먹어. 소금을 뿌려 먹기도 하고 버터를 발라 먹기도 해."

"그렇게 말해 주니까 기분이 아주 좋은걸."

소년은 당근을 몇 뿌리 뽑더니 냇가에 앉아 깨끗이 씻었다. 이윽고 내게 당근을 건네며 말을 이었다.

"당근을 더 뽑아 올게. 그동안 이걸 먹고 있어."

"하지만 이건 네가 먹을 음식이잖아."

"난 괜찮아."

나는 소년이 건네주는 것을 하나하나 받아먹기 시작했다. 달콤한 당근, 사각사각한 순무, 상큼한 오렌지……. 체리 두 알은 입속에 한동안 머금고 있다가 살짝 깨물어 보았다. 체리즙이 혀를 적시면서 달콤한 맛이 폭발하듯

입안에 번졌다. 나는 체리 씨를 잔디밭에 훅 뱉었다. 난생처음으로 맛을 음미하며 음식을 먹는다는 생각이 스쳤다. 갖가지 과일과 채소를 배불리 먹고 나자 익숙하지 않은 느낌에 사로잡혔다. 배가 불렀다. 너무나 배가 불렀다. 결국, 나는 부른 배를 부여잡고 잔디밭에 드러누웠다.

"블랙베리도 한 줌 먹을래?"

소년이 까맣게 반짝이는 열매 한 줌을 내게 건넸다.

"이젠 더는 못 먹겠어. 배가 터져 버릴 것 같아."

나는 미소를 지으며 대답했다. 소년은 내 곁에 앉아 블랙베리를 허공에 던져 올렸다가 입으로 받아 먹었다. 강아지에게도 블랙베리 몇 개를 던져 주었다.

나는 몸을 일으켜 소년의 옆모습을 지켜보았다. 코끝이 살짝 위를 향하고 있었다. 즐거움과 호기심이 어려 있는 듯한 그의 코가 무척 귀엽다는 생각이 들었다. 솔직히 말하면, 코뿐 아니었다. 소년의 모든 것이 좋았다.

"너는 계속 여기서 살았니?"

"아냐."

소년은 하나 남은 블랙베리를 입에 넣으며 대답했다.

"그럼……, 어디서 왔는데?"

"기억나지 않아. 아주 어렸을 때 이곳에 왔다는 것만 알고 있어. 해를 지키는 여인이 숲속에서 나를 발견해 여기로 데려왔거든."

"해를 지키는 여인?"

"그녀가 내 목숨을 구해 주었어. 숲속에 버려져 있던 나를 구해 주었지. 그 외에는 나도 더 아는 게 없어."

"그런데…… 그녀는 누구를 말하는 거니?"

소년은 아주 당연한 것을 묻는다는 듯한 눈초리로 나를 바라보았다.

"누구긴 누구겠니? 당연히 해를 지키는 여인이지. 이 골짜기도 그녀의 것이고, 이 식물들도 그녀의 것이야. 해도 물론……. 나는 그녀의 정원사일 뿐이고."

소년은 이 모든 게 매우 너무나 간단한 얘기라는 듯이 말했다.

"해가 그녀의 거라고? 어떻게 그럴 수가 있지?"

"나도 자세히는 몰라. 그녀가 나를 구해 주었고, 여기에서 살 수 있게 해 주었어. 강아지도 잘 보살펴 주고."

소년은 강아지의 귀 뒤를 살살 긁어 주었다. 강아지는 기분이 좋은 듯 그릉그릉 소리를 나직하게 냈다.

"여기서 내가 하는 일은……, 하루에 한 번씩 꽃밭을 관리하고, 하루에 두 번씩 철문 위의 창을 열어 주는 것뿐이야. 그리고 사흘에 한 번씩 할아버지를 위해 먹을 것을 광주리에 가득 담아 두기만 하면 돼. 참, 해를 지키는 여인이 가끔씩 이곳에 올 때도 있어. 일정하진 않지만."

"넌 골짜기 밖의 세상이 어떤지, 네가 어디서 왔는지 궁금하지 않니?"

"응, 전혀 궁금하지 않아."

"그래?"

문득 좋은 생각이 떠올랐다.

"네 이름은 뭐니? 어쩌면 네 이름에서 힌트를 얻을 수 있을지도 몰라."

"이름?"

소년이 되물었다.

"응, 네 이름……."

"소년. 내 이름은 소년이야."

"소년? 그냥 소년이라고 불리는 사람은 없어."

"지금까지는 아무런 문제도 없었어."

"강아지는?"

"그냥 강아지일 뿐이야."

"아……."

나는 더 할 말을 찾지 못했다. 소년도 할 말을 찾지 못하는 것 같았다.

"그렇다면 해를 지키는 여인의 이름도 그냥 해를 지키는 여인이니?"

소년이 고개를 끄덕였다.

"너는 해를 지키는 여인에 대해서도 아는 것이 없니?"

소년은 고개를 갸우뚱하며 나를 멀뚱히 쳐다보았다. 내게 뭐라고 대답해야 할지 모르겠다는 듯한 표정이었다.

"그녀가 슬픔에 빠져 있다는 건 알고 있어. 깊은 슬픔에서 한시도 헤어나오지 못하고 있거든. 그래서 난 귀찮게 하지 않으려고 꽤 조심하지. 잠을 자기 위해 이곳을 찾는 듯해. 그녀의 침대가 저기 있어."

소년은 철문 옆의 덤불을 턱 끝으로 가리키며 말을 이었다.

"가끔은 며칠씩 모습을 드러내지 않을 때도 있고. 그럴 땐 숲속에서 홀로 산책을 하는 거라고 짐작할 뿐이야. 산책을 하면 슬픔에서 벗어나는 데 도움이 되거든. 하지만 확신할 수는 없어. 슬픔에서 완전히 벗어난 듯이 보이지는 않으니까."

"해를 소유할 수 있다면 무척이나 행복할 것 같은데……. 참 이상한걸."

"해를 지키는 여인은 단 한 번도 행복해한 적이 없어. 가끔 화를 내기도 해, 아주 무섭게."

갑자기 소년이 두려움에 빠진 표정을 지었다.

해를 지키는 여인

5

강아지가 짖기 시작하자, 소년은 철문의 창을 열기 위해 몸을 일으켰다. 우리는 곧 작별 인사를 나누었다.

"또 와, 최대한 빨리."

"그래도 될까?"

내가 원하는 것은 따스하고 환한 이 골짜기에서 갖가지 채소와 과일을 배불리 먹고, 소년과 대화를 나누고, 강아지와 함께 노는 것 외엔 아무것도 없었다.

소년이 물었다.

"내일은 어때?"

"좋아, 내일."

나는 미소를 지으며 대답했다.

우리는 비좁은 산길을 걸어 골짜기 어귀에 이르렀다. 나는 잠시 발걸음을 멈추었다. 가슴속에 있던 묵직한 것이 한숨으로 새어 나왔다. 눈앞에는 거뭇거뭇한 나무둥치와 뾰족한 나뭇가지로 가득한 어두운 숲이 펼쳐져 있었다. 바로 그곳에 나의 슬픈 세상이 자리하고 있었다.

나는 다시 걸음을 옮기기 시작했다. 골짜기의 따스함은 어느새 등 뒤의 그림자처럼 희미해졌다. 저 멀리서 들려오는 곤충들의 날갯짓 소리와 새들이 지저귀는 소리, 암탉이 우는 소리가 음침하고 축축한 냄새에 가려졌다.

비가 내리기 시작했다. 머리 위의 나뭇잎에서 커다란 빗방울이 툭툭 떨어져 내렸다. 차가운 빗방울이 뒷목을 타고 옷 속으로 스며들었다. 나는 비옷의 모자를 머리에 덮어쓰고 끈을 단단히 졸라맨 후 앞만 보며 걸었다. 들리는 것은 비옷에 떨어져 내리는 빗방울 소리뿐이었다.

발걸음을 재촉했다. 몸이 더 젖기 전에 얼른 집에 가고 싶었다. 그런데 갑자기 누군가가 내 어깨를 힘껏 거머쥐었다. 너무나 놀라서 심장이 몸 밖으로 튀어나올 것만 같았다. 나는 몸을 비틀어 그 손에서 빠져나온 후 뒤를 돌아보았다. 그녀가 서 있었다. 어디서 왔는지는 알 길이 없었다. 내 뒤를 계속 따라왔거나, 아니면 숲속에 숨어 있었을 것이다. 그녀는 주변의 나무와 마찬가지로 꼼짝도 하지 않고 서서 나를 뚫어지게 바라보았다.

그녀에게선 무언가 타는 듯한 냄새가 났다. 검정색 옷은 여기저기 불에 탄 듯 너덜너덜했다. 그리고 그녀의 눈……. 까만 재가 묻은 것마냥 거뭇거뭇한 그녀의 얼굴에서 두 눈동자가 무서우리만치 강렬한 빛을 내뿜었다. 그 눈빛을 어디선가 본 적이 있다는 생각이 들었다. 내 뒤를 밟으며 쳐다보던

그 눈빛! 그녀가 틀림없었다.

등에서 식은땀이 줄줄 흘렀다. 두려움으로 심장이 터질 것만 같았다. 그녀는 지금 화를 내고 있는 것일까? 소년은 그녀가 가끔 불같이 화를 낼 때가 있다고 말했다.

"소년과 함께 있다 오는 길이니?"

그녀의 목소리는 오랫동안 말을 하지 않은 것처럼 꺼칠꺼칠하게 쉬어 있었다.

"네."

그녀는 천천히 고개를 끄덕였다.

"좋아, 너는 소년과 함께 있어도 괜찮아."

나는 얼른 인사를 했다.

"고맙습니다."

그녀는 나를 뚫어지게 바라보았다. 나는 고개를 들고 있긴 했지만, 그녀의 불타는 듯한 눈을 똑바로 쳐다볼 용기가 나지 않았다. 어쩐 일인지 그녀의 눈을 보는 것만으로도 가슴이 아팠다.

"소년한테 찾아가도 좋아. 소년과 함께 그곳에서 자라는 과일과 채소를 먹어도 좋고."

그녀가 나직이 말했다.

"고맙습니다."

해를 지키는 여인은 여전히 불타는 듯한 눈으로 나를 바라보았다. 내 몸을 날카롭게 꿰뚫는 듯한 그 눈빛은 마치 내가 누구인지 알아내려는 것마냥 집요해 보였다. 그와 동시에 나와 친해지고 싶다고 말하는 것 같기도 했다.

나는 그제야 해를 지키는 여인이 항상 슬픔에 잠겨 있다는 소년의 말을 이해했다. 불타는 듯한 눈동자 속에서 끝을 알 수 없는 슬픔을 보았기 때문이다. 정체를 알 수 없는 슬픔과 혼돈으로 온몸이 무겁게 가라앉았다. 그녀에게서 얼른 도망치고 싶었다. 할아버지가 있는 집으로 돌아가고 싶은 생각뿐이었다.

"이제 가야 해요. 집에서 저를 기다리는 사람이 있거든요."

그녀는 천천히 고개를 끄덕이며 내게서 시선을 돌렸다. 그리고 내가 앞으로 나아갈 수 있도록 한 발짝 옆으로 비켜 주었다. 나는 배고픈 족제비에게서 도망치는 생쥐처럼 재빨리 그녀를 지나쳐 달리기 시작했다.

"너는 내게서 도망치고 싶은 마음뿐인가 보구나."

나는 그녀 쪽으로 몸을 돌리며 소리쳤다.

"아니에요."

그것은 거짓말이었다.

갑자기 그녀의 목소리가 높아지면서 눈동자가 활활 타올랐다.

"……한 가지만 기억해! 골짜기에 관해선 아무에게도 말하지 마. 알겠니?"

"네, 알았어요. 약속할게요."

갑자기 그녀의 몸이 장작에서 불꽃이 피어나듯 훅 커지는 것 같았다.

나는 있는 힘을 다해 숲을 가로질러 달렸다. 숲의 반대편에 이르자 할아버지의 온실과 마을의 불빛이 보였다. 그제야 마음이 놓였다. 들판 한가운데에 서서 가쁜 숨을 몰아쉬었다.

나는 해를 지키는 여인과 그 눈빛을 잊고 싶었다. 그녀의 눈빛을 내 머릿속에서 지우고, 다시는 내게 닿지 못하도록 아무도 모르는 곳에 숨겨 두고 싶었다. 하지만 무언가 타는 듯한 냄새와 연기 냄새는 몇 시간이 지나도 계속해서 코끝에 남아 있었다.

잠자리에 들 무렵에야 가까스로 그녀의 생각에서 벗어났다. 베개에 머리를 대고 눈을 감았다. 어느새 해를 지키는 여인 대신 소년의 얼굴이 머릿속을 가득 채웠다. 그 선하고 행복한 눈빛, 그리고 딸기처럼 빨간 볼……. 나는 입가에 미소를 머금은 채 잠에 빠졌다.

그 후로 나는 매일 아침 산길 어귀에서 소년과 강아지를 만났다. 강아지는 느긋하게 앉아 기다리다가, 나를 보면 벌떡 일어나 꼬리를 흔들며 반겼다. 심지어는 내게 귀 뒤를 긁어 달라고 들이밀기도 했다. 소년은 내가 오지 않을까 봐 조바심이 나기라도 한 듯, 항상 환한 미소로 맞아 주며 큰 소리로 인사를 건넸다.

"안녕! 와 줘서 정말 기뻐!"

그러고는 매번 금방 딴 채소와 과일이 가득 담긴 광주리를 내밀었다. 내게 건네주는 채소와 과일이 원래는 소년의 몫이라는 것을 잘 알기에 그처럼 많이 필요하진 않다고 말했다. 하지만 소년은 언제나 막무가내였다.

"나는 지금껏 먹은 것으로도 충분해."

우리는 결국 사이좋게 채소와 과일을 나누어 먹으며 골짜기 안으로 걸어갔다. 나는 소년을 도와 채소와 과일을 따서 광주리에 담았다. 토끼를 뒤쫓아 달리기도 했고, 민들레를 뜯어 토끼에게 주기도 했다. 암탉이 낳은 계란을 찾기 위해 골짜기를 샅샅이 뒤지기도 했고, 허공으로 날아오르려 날갯짓을 하다가 땅으로 풀썩 주저앉는 암탉을 보며 깔깔거리기도 했다.

매일 저녁 집으로 돌아가기 전, 소년과 나는 그곳에서 가장 큰 사과나무 아래에 앉아 시간을 보냈다. 우리는 머리를 맞대고 나무를 올려다보았다. 나뭇가지에는 빨갛고 노랗고 파란 사과가 주렁주렁 매달려 있었다. 하얀 사과꽃 사이로 바쁘게 날아다니는 벌과 나비도 보았다. 하루 종일 여기저기 뛰어다니며 노느라 지친 강아지는 우리 둘 사이에 얌전히 끼어 앉아 있곤 했다.

그렇게 한 주가 흘렀다. 여드레째 되는 날 저녁, 우리는 여느 때와 마찬가지로 강아지를 쓰다듬어 주며 나무 아래에 앉아 있었다. 그런데 갑자기 큰일이 생겼다. 다른 사람에게는 매우 사소한 일로 여겨질 수도 있지만, 내겐 충분히 큰일이라 할 만한 것이었다.

어쩌다 내 손과 소년의 손이 맞닿았다. 나는 너무나 부끄럽고 민망해서 얼른 손을 들어 올리려 했다. 하지만 소년이 내 손을 꼭 잡고 놓아주지 않았다. 우리는 손을 꼭 잡은 채 아무 말 없이 한동안 가만히 앉아 있었다.

그날도 집으로 가기 위해 숲에 이르자 폭우가 내리기 시작했다. 모자를 세차게 때리며 흘러내린 빗물은 비옷의 솔기로 새어 들어와 온몸을 적셨다. 하지만 나는 개의치 않았다. 내 몸에는 여전히 골짜기의 온기가 남아 있었고, 내 배는 갖가지 채소와 과일로 든든하게 채워져 있었으며, 내 손에는 아직 소년의 손이 건네준 따스함이 그대로 묻어 있었기 때문이다.

그래서 당연히 다음 날 아침에도 소년에게 가리라고 마음먹었다. 그다음 날도, 또 그다음 날도. 그렇게 영원히 행복하게 살고 싶었다. 하지만 막상 집으로 돌아오자 생각이 바뀌었다. 계속해서 행복한 삶을 살기 위해서는 무언가가 바뀌어야 한다는 생각이 스쳤던 것이다. 아니, 모든 것이 바뀌어야만 했다.

그날 밤 잠들기 직전, 나를 지그시 바라보는 할아버지의 눈길을 느꼈다. 벽난로 불빛이 내 얼굴을 환하게 비추었다. 할아버지는 마치 무언가를 새롭게 발견하기라도 한 듯 내 얼굴을 뚫어지게 바라보았다.

"네 얼굴에 주근깨가 생겼구나."

할아버지가 혼잣말을 하듯 중얼거렸다.

"네? 설마 그럴 리가요."

"아냐, 틀림없어. 전에는 주근깨가 없었는데……. 신기하구나."

"아니에요. 제 얼굴엔 주근깨가 없어요."

할아버지는 벽에 걸려 있던 작은 거울을 가져왔다.

"거울을 보렴. 릴리아, 네 얼굴에 주근깨가 생겼어. 전에는 없던 주근깨가……."

할아버지는 여전히 내 얼굴을 뚫어지게 바라보며 말했다.

"저는 예전이나 지금이나 그저 비쩍 마른 아이인걸요."

"아냐, 분명히 예전보다 더 통통해졌어."

한순간, 할아버지 얼굴에서 의심의 빛이 사라지면서 미소가 피어났다.

"네가 자라고 있다는 증거야. 난 네가 더 이상 자라지 않을 줄 알았어. 세상에! 네가 자라는 모습을 볼 수 있어서 얼마나 기쁜지 모르겠구나!"

나는 안도의 한숨을 내쉬었다.

"네, 이젠 저도 더는 어린애가 아니에요."

할아버지가 기분 좋게 고개를 끄덕였다.

"그래, 네 말이 맞아. 릴리아, 너도 곧 어린애 티를 벗게 되겠지. 그게 바로 삶이란다. 비록 세상은 이 지경이 되었지만, 자연의 이치는 거스르지 못하는 법……. 네가 자라는 모습을 내 눈으로 볼 수 있다니!"

나는 재빨리 몸을 일으켜 거울을 제자리에 걸어 두었다. 내게 주근깨가 생겼다는 사실과 내 뺨이 더 통통해졌다는 사실을 굳이 거울을 통해 확인할 필요가 없다는 생각이 들어서였다. 지난 며칠 동안 날마다 충분한 햇빛을 받았다. 소년이 철문의 창을 열 때마다 쏟아지는 햇빛을 느끼지 않았던가. 게다가 매일같이 갖가지 채소와 과일을 배불리 먹었다. 그러니 내 몸이 자라는 건 전혀 이상한 일이 아니었다.

문득 이 모든 것을 할아버지에게 털어놓고 싶은 충동을 느꼈다. 골짜기와 소년, 우리가 손을 잡았던 일까지. 그러고 나서 할아버지가 알고 있는 것이 무엇인지 물어보고 싶었다. 비록 소년은 할아버지가 골짜기 안쪽까지 들어온 적이 없으며, 단지 채소와 과일이 담긴 광주리를 차갑고 어두운 숲의 건너편으로 가져갔을 뿐이라고 했지만…….

할아버지는 골짜기에 관해 무언가를 알고 있을지도 모른다. 해를 지키는 여인에 관해서도 알고 있을까? 하지만 나는 아무 말도 하지 못했다. 비밀을 지키겠다고 해를 지키는 여인과 이미 약속을 했기 때문이다.

지난 며칠 동안 숲을 가로지는 내 발걸음은 민들레 홀씨처럼 가볍기 그지없었지만, 그날 저녁 할아버지와 대화를 나눈 이후엔 이전처럼 다시 무거워졌다.

불공평한 일

6

톰과 테아가 냇가에서 놀고 있었다. 아니, 더 정확히 말하자면 톰은 물장구를 치며 놀고 있었고, 테아는 커다란 물레방아를 만들고 있었다.

"안녕?"

나는 걸음을 멈추고 그들에게 인사를 건넸다.

"안녕!"

톰이 냇물에서 나오며 인사했다.

"도대체 어디 있었어? 요즘은 통 안 보이더라."

테아가 제자리에 선 채 내게 물었다.

"그냥 여기저기 좀 다녔어."

"그냥 여기저기 다니는 일이 무척 재미있나 보지?"

"응, 그럭저럭."

"물레방아를 만드는 것보다 재미있어?"

"아니, 그건 아니야."

나는 서둘러 대답했다. 테아는 판자에 못을 대고 힘차게 세 번 망치질을 했다.

"돛단배가 새로 생겼어."

톰이 자작나무 껍질을 들어 보이며 말했다.

"아주 근사한걸."

테아는 아무 말도 하지 않고 망치질을 계속했다.

"난 이만 가 볼게."

"벌써 가는 거야?"

톰이 물었다. 나는 고개를 끄덕였다.

"안녕, 잘 가."

톰이 작별 인사를 했다. 등 뒤에서 테아의 망치질 소리가 조금 전보다 더 크게 들려왔다. 마치 내게 들으라는 듯 일부러 더 힘차게 망치질을 하는 것 같았다. 테아의 망치질 소리가 귓전을 스칠 때마다 내 가슴이 자꾸 졸아들었다.

테아는 내 친구다. 하지만 이제는 예전과 달리, 그애와 함께할 수 있는 일을 찾기가 어려웠다. 게다가…… 요즘엔 산골짜기에 가고 싶은 마음뿐이었다. 채소와 과일을 배불리 먹을 수 있는 곳, 강아지와 소년을 만날 수 있는 곳, 그리고 따스한 햇빛을 쬘 수 있는 곳.

마침내 나를 둘러싼 것들에서 벗어날 수 있는 나만의 장소를 찾은 것 같았다. 비좁은 집, 축축하고 어두운 마을, 묵직한 고무장화를 신고 웅덩이를 첨벙대는 아이들, 눈 밑에 거뭇거뭇한 그림자를 달고 다니는 사람들…….

어쩐 일인지 이런 것에서 벗어나 골짜기로 가는 중인데도 두 다리가 너무나 무거웠다.

숲을 벗어나 골짜기에 다다른 뒤에도 두 다리가 무겁기는 매한가지였다. 마치 무거운 장화를 신고 질척거리는 진흙 속을 걷는 것만 같았다. 골짜기에서 나만 배불리 먹고 나만 따스하고 환한 햇살을 쬐는 것이 불공평하다는 생각이 들었다. 마을 사람들은 어둠 속에서 굶주리며 살아가는데, 소년이 모든 걸 다 가지고 있다는 사실도 매우 불공평하게 여겨졌다. 더는 이런 삶을 살 수 없었다. 그 생각을 하자마자 두 다리에 힘이 생기고 발걸음이 조금씩 빨라지기 시작했다.

소년은 무릎을 땅에 대고 앉아 케일에 코를 댄 채 냄새를 맡고 있었다. 나를 보자마자 눈가와 입가에 미소가 환하게 번졌다.

"릴리아, 이 케일 좀 먹어 봐. 정말 맛있어!"

"괜찮아, 먹고 싶지 않아."

"뭐라고?"

"난 다른 사람들과 같이 나눠 먹고 싶어."

소년은 순순히 고개를 끄덕였다.

"그럼 이렇게 하자. 네가 마을에 가져갈 수 있도록 케일을 광주리에 가득 담아 놓을게."

"내가 마을 사람들과 함께 나누고 싶은 것은 케일뿐만이 아니야. 난 이 모든 것을 마을 아이들과 나누어야 한다고 생각해."

소년은 당황한 표정을 지으며 몸을 일으켰다.

"우린 이미 나눠 먹고 있었잖아. 마을 아이들은 그동안 광주리에 담긴 음

식을 먹어 왔잖니? 이미 말했듯이, 나는 이곳의 채소와 과일 중에서 가장 좋은 것들만 골라서 광주리에 담아 놓았어."

소년의 목소리에 설핏 짜증이 묻어났다.

"내가 말하고 싶은 건, 이 골짜기 전부를 나눠야 한다는 뜻이야."

"모두 이곳에 데려오자는 말이니?"

"응."

"그건 안 돼."

"왜?"

"너도 잘 알잖아. 해를 지키는 여인……."

"그래, 설사 아이들을 이곳에 모두 데려온다 하더라도 궁극적으로는 아무런 도움이 되지 않을 거야."

"내 말이 바로 그 말이라니까."

소년은 조금 안도하는 것 같았다.

"아냐, 넌 내 말을 이해 못 하고 있어."

나는 소년에게 한 발짝 다가갔다.

"채소와 과일, 그리고 이 골짜기를 굳이 나누지 않아도 돼. 그건 진정한 도움이 되지 않을 테니까. 톰과 테아, 할아버지, 그리고 마을 사람 전부를 돕기 위해서는……, 저 철문을 활짝 열어야 해."

"철문을 열어야 한다고?"

소년이 떨리는 목소리로 되물었다.

"응, 저 철문을 열고 해를 놓아주어야 해."

"그건 안 돼!"

소년이 골짜기 안으로 걸어 들어가며 소리쳤다.

"그건 있을 수 없는 일이야! 절대 안 돼!"

강아지는 소년을 따라가며 흘낏흘낏 눈치를 보았다. 아마도 소년이 화를 내는 것을 보고 겁을 먹은 모양이었다. 나는 종종걸음으로 그 뒤를 따랐다.

"내 말을 들어 봐. 내가 생각한 것은……."

소년은 갑자기 몸을 홱 돌리더니 나를 잡아먹기라도 할 듯이 소리쳤다.

"생각이라고? 너는 아무 생각도 없는 아이야. 넌 지금 스스로 무슨 말을 하는지도 모르고 있어. 해가 없으면 우리는 굶주리며 살아야 한다고."

내 입에서도 폭포수처럼 말이 쏟아져 나왔다.

"차라리 그게 나을 것 같아. 지금은 모든 것이 너무 불공평해. 이건 옳지 않아. 누군가 해를 소유하는 것이 가능하다고 생각하니? 이 세상에서 해를 소유해도 된다고 허락받은 사람은 아무도 없어!"

소년은 말없이 밭에 무릎을 꿇고 앉아 일을 하기 시작했다. 화를 이기지 못하는 듯 무뚝뚝한 표정으로 빠르게 손을 움직였다.

"해를 지키는 여인은 내 목숨을 구해 주었어. 그리고 이걸로 마을 사람들의 목숨도 구해 주었고."

소년은 흙 속에서 당근을 캐낸 뒤 내 얼굴 앞에서 마구 흔들어 댔다. 당근에 묻어 있던 흙이 사방으로 튀었다.

"그럴지도 몰라. 하지만 그것만으로는 충분하지 않아. 게다가……."

나는 산등성이를 가리키며 말을 이었다.

"해는 이 산속에 갇혀 있어야 하는 게 아니라 저 하늘에 높이 떠 있어야 하는 거야."

"넌 마치 모든 것을 다 아는 것처럼 말하는구나!"

소년이 당근을 홱 집어 던지며 소리쳤다. 강아지가 재빨리 몸을 피했다.

"그게 무슨 뜻이야?"

나도 화가 나는 것을 참을 수가 없었다. 등줄기에서 땀이 흘러내렸다.

"해를 지키는 여인에겐 해를 산속에 가두어 두어야 할 정당한 이유가 있어. 그녀는 우리보다 더 많은 것을 알고 있다고."

"물론 그녀에게도 이유는 있겠지. 하지만 그녀가 생각하는 이유가 반드시 옳다고는 할 수 없어. 아무한테도 도움이 되지 않으니까."

소년은 눈을 가늘게 뜨고서 나를 매섭게 째려보았다.

"난 조그마한 여자아이보다 해를 지키는 여인을 더 신뢰해."

소년이 떨리는 목소리로 말했다.

"난 결코 작지 않아!"

"넌 나처럼 작아. 우린 아직 아이라고. 우리가 세상의 모든 일을 이해하는 건 불가능해."

나는 숨을 깊이 들이쉬었다. 하고 싶은 말은 많았지만 더 뱉지는 못했다. 내가 알고 있는 것은 단 하나뿐이었다. 우리는 비록 어른이라 할 수 없지만, 무엇이 옳고 그르다는 것쯤은 안다는 것.

하지만 소년은 아무것도 이해하고 싶어 하는 것 같지가 않았다. 이 골짜기에서만 살아왔기에, 늘 따스하고 환한 햇살과 배불리 먹을 수 있는 음식이 곁에 있었다. 그래서 마을 사람들이 어떤 삶을 살고 있는지 전혀 몰랐다.

나는 소년의 팔을 힘껏 잡았다.

"나를 따라와, 얼른!"

"뭐라고?"

"나랑 같이 우리 마을로 가 보자."

"뭐? 싫어……!"

"네 눈으로 마을 사람들의 삶을 봐야 해. 내 친구들,

그러니까 톰과 테아를 직접 봐야 한다고!"

강아지가 조심스레 다가와 소년의 다리에 머리를 대고 흘낏 쳐다보았다. 강아지의 눈빛을 보는 순간, 적어도 강아지는 내가 무슨 말을 하는지 이해한다는 생각이 들었다.

소년과 나는 강아지를 사이에 두고 숲을 가로질렀다. 나는 소년의 손을 꼭 잡고 놓아주지 않았다. 손을 놓으면 그가 다시 환하고 따스한 산골짜기로 되돌아갈 것만 같아서 두려웠다.

소년은 주위를 두리번거리며 쉴 새 없이 중얼거렸다.

"여긴 너무 어두워. 여기선 이상한 냄새가 나."

그러고는 가지를 축 늘어뜨린 나무와 땅 위의 모든 것을 삼켜 버린 듯이 축축한 이끼를 뚫어지게 바라보았다. 뿐만 아니라, 머리 위에서 까마귀가 날갯짓을 할 때마다 깜짝깜짝 놀라며 몸을 움츠렸다. 강아지는 소년을 보호하고 있다는 것을 알리기라도 하듯 까마귀를 향해 마구 짖어 댔다. 하지만 소년은 마음이 놓이지 않는 것 같았다.

"넌 골짜기에서만 머물지 않고 밖으로 자주 나와 다른 사람들이 어떻게 사는지 봤어야만 했어."

소년은 아무 대답도 하지 않았다.

마침내 빽빽하던 나무들이 듬성듬성해졌다. 우리는 들판과 덤불, 그리고 할아버지의 온실을 차례로 지나쳤다. 종이로 가려 놓은 온실 유리창 너머로 할아버지의 그림자가 어른거렸다. 강아지는 코를 땅에 대고 킁킁 냄새를 맡았다. 산골짜기 밖의 세상이 신기한 모양이었다.

나는 내키지 않아 하는 소년을 끊임없이 잡아끌어야만 했다. 오버롤 차림의 소년은 차가운 보슬비에 몸을 달달 떨었다. 소년에게 내 비옷을 벗어 주었다.

"이걸 입어. 모자로 얼굴을 가리면 마을 사람들에게 들키지 않을 거야."

우리는 수레바퀴 자국을 따라 마을 안으로 들어갔다. 길가에 나란히 자리한 집들의 창 틈으로 불빛이 새어 나왔다. 희미한 램프 불빛은 길 위에 내리는 비와 어둠에 이내 묻혀 버렸다.

마침 저녁 식사 시간이었다. 부엌에서 음식을 만들고 식탁에 접시를 내어 놓는 사람들의 그림자가 보였다. 우리는 여기저기 생겨난 웅덩이를 피하기 위해 폴짝폴짝 뛰었다. 소년의 하늘색 운동화는 어느새 진흙 범벅이 되었다.

그때 누군가가 우리 쪽으로 다가왔다. 너무 어두워 누구인지 알아보기가 쉽지 않았다. 아주 가까이 다가왔을 때에야 이웃에 사는 이삭 할아버지라는 것을 알아차렸다.

이삭 할아버지는 지팡이에 무거운 몸을 기댄 채 내게 인사를 건넸다.

"안녕, 릴리아. 잘 있었니?"

"안녕하세요!"

나는 서둘러 인사를 하고서 소년의 팔을 확 잡아채 그곳을 벗어났다. 모퉁이를 돌자 소년이 발을 멈추었다.

"다시 돌아갈래. 여기에 더 있고 싶지 않아. 온몸이 젖어서 너무 추워."

"난 매일매일 그렇게 지내고 있어."

소년은 나의 단호한 말투에 더 이상 아무 말도 하지 못했다. 곧 톰과 테아가 사는 집 앞에 이르렀다. 굴뚝에서 가느다란 연기 한 줄기가 흘러나왔고, 거실 창에서는 희미한 불빛이 새어 나왔다.

나는 벽 쪽으로 소년을 잡아끌었다.

"저길 봐."

우리는 나란히 서서 창문 안을 들여다보았다. 강아지는 비를 피하기 위해 처마 밑에 몸을 웅크렸다. 테아와 톰은 식탁에 접시를 내어놓았고, 그 애들의 아빠는 오븐 옆에 서 있었다. 소년은 눈을 둥그렇게 뜨고 그들을 바라보았다. 이윽고 테아네 가족이 식탁을 둘러싸고 앉았다.

테아, 톰, 엄마, 아빠, 그리고 갓난아기 티릴. 그들은 서로 손을 맞잡고 함께 음식을 먹을 수 있도록 해 준 땅을 위해 감사 기도를 올렸다. 하지만 그들이 감사히 여기는 음식은 너무나 보잘것없었다. 식탁에는 삶은 콜리플라워 반 개, 방금 오븐에서 구워 낸 감자 몇 개, 빵 한 조각, 그리고 삶은 계란 두 개뿐이었다. 티릴 앞에는 작은 죽그릇이 놓여 있었다.

"너도 봤지? 너도 봐야 해."

나는 소년에게 나직이 속삭였다. 소년은 고개를 돌려 외면했다.

테아네 아빠는 떨리는 손으로 작은 콜리플라워를 네 조각으로 나누었다. 엄마는 각각의 접시에 감자 세 조각과 계란 반 개를 얹어 놓았다. 테아는 자기 몫의 빵을 자른 후 옆 사람에게 건네주었다.

아이들은 음식을 먹기 시작했지만, 엄마와 아빠는 그저 쳐다보기만 했다. 두 사람은 보일 듯 말 듯 동시에 고개를 끄덕였다. 곧, 엄마가 자신의 접시에 있던 감자 한 조각과 아빠의 접시에 있던 감자 한 조각을 덜어 테아와 톰의 접시에 각각 담아 주었다.

"정말 괜찮겠어요?"

테아가 엄마에게 물었다. 엄마는 고개를 끄덕였다. 톰은 아무 말도 하지

않고 배고픈 강아지처럼 접시에 담긴 음식을 허겁지겁 먹었다. 아빠는 티릴에게 죽을 먹여 주었다. 갓난아기는 다음 숟가락을 기다리지도 않고 입을 한껏 벌리며 "더, 더."라고 소리쳤다. 몇 입 먹지도 않았는데 아이의 죽그릇은 이미 텅 비어 버렸다.

"더, 더!"

티릴이 소리쳤다.

"더 없어. 다 먹었어."

아빠가 안타까운 눈빛으로 말하자 티릴은 숟가락을 쪽쪽 빨며 텅 빈 죽그릇만 내려다보았다.

나는 언젠가 책에서 갓난아기들의 그림을 본 적이 있다. 볼록 나온 배와 옴폭 들어간 무릎, 통통한 양볼, 웃을 때마다 살에 묻혀 가느다란 실처럼 변하는 두 눈. 티릴은 그런 아기의 모습과는 거리가 아주 멀었다. 아니, 그 그림과 정반대였다. 몸은 비쩍 말라 연약하기 그지없었고, 가녀리고 작은 얼굴 때문에 퀭한 두 눈은 실제보다 훨씬 더 크게 보였다.

나는 소년을 향해 돌아서서 나직이 말했다.

"여기엔 아무것도 자라지 않아. 네가 사는 골짜기에만 채소와 과일들이 자라는 거야."

소년은 아무 말도 하지 않았다. 그저 머리를 축 늘어뜨릴 뿐이었다.

"우리는 해가 필요해."

곧이어 티릴의 울음소리가 들렸다. 아빠는 아이를 안아 올려 거실 바닥에 내려놓았다. 이제 막 걸음마를 시작한 티릴이 식탁 다리를 잡고 몸을 일으켰다.

"더, 더, 더."

티릴이 쉬지 않고 소리쳤다. 이윽고 창 너머로 울음소리가 새어 나왔다. 소년의 가슴에도 울음소리가 닿았을까?

"해를 지키는 여인은 내 목숨을 구해 주었어."

소년은 목이 메는 듯 띄엄띄엄 말하다가 고개를 절레절레 저었다.

갑자기 내 목소리가 생각지도 않게 커졌다.

"그 말은 이미 여러 번 들었어! 하지만 저들을 봐. 넌 아직도 그녀의 선택이 옳다고 생각하니?"

나는 몸을 홱 돌려 성큼성큼 걷기 시작했다.

"릴리아!"

소년이 허둥지둥 내 뒤를 따라왔다.

"릴리아! 기다려!"

나는 종종걸음으로 집 앞까지 걸어가 대문을 열고 안으로 들어갔다. 소년도 나를 따라 집 안으로 들어왔다.

"넌 여기에 사니?"

그는 어두침침한 거실을 둘러보며 말했다.

"우리에겐 안전하게 살 수 있는 집이 필요해."

나는 램프에 불을 밝히며 말을 이었다.

"옷도 필요하지, 아주 많이."

나는 램프를 손에 들고 발소리를 쿵쿵 내며 다락방으로 올라갔다. 다락방의 구석진 곳에 낡은 양가죽 재킷이 걸려 있었다. 오래전에 아빠가 입던 것이었다. 그때는 겨울이라는 계절이 있었으니까.

"이걸 입어."

나는 소년에게 재킷을 던져 주고, 할머니가 입던 두꺼운 코트를 걸쳤다. 빳빳한 재질에다 소매는 터무니없이 길었다. 나는 코트가 양모로 만든 갑옷 같다고 생각하며 서랍장을 뒤져서 장갑과 모자, 그리고 목도리를 꺼냈다.

소년은 재킷을 손에 들고 멍하니 서 있었다.

"난 우리가 그 일을 해낼 수 있을지 확신할 수 없어."

나는 소년을 향해 고개를 돌렸다.

"적어도 시도는 해 봐야 하지 않겠니? 만약 네가 원하지 않는다면……, 나 혼자만이라도 시도해 볼 수 있도록 기회를 줘."

"그녀가 해를 가두어 둔 건…… 해가 너무너무 위험하기 때문이야!"

"이 세상은 해가 없으면 훨씬 더 위험해져. 해는 하늘에 있어야 해."

"난 단지…… 그녀가 불쌍할 뿐이야."

"누가 불쌍하다고? 해를 지키는 여인이?"

소년이 고개를 끄덕였다.

"그녀에게 남아 있는 것은 오직 해뿐이거든."

"그게 무슨 뜻이니?"

"언젠가 그런 말을 한 적이 있어. 그녀가 크게 화를 냈던 날이었는데, '나는 모든 것을 잃었어! 이제 내게 남아 있는 건 해뿐이야!'라고 소리쳤거든."

나는 숨을 들이쉬었다.

"해를 지키는 여인은 제정신이 아니야!"

"어쩌면 그럴지도 몰라. 하지만 네가 지금 하려는 일은 너무나 위험해."

"난 적어도 시도를 해 보고 싶어. 톰과 테아를 위해서, 그리고 우리 마을을

위해서."

소년은 땅이 꺼져라 한숨을 내쉬더니 천천히 양가죽 재킷을 입었다. 소년의 몸에 비해 너무 크고 헐렁했다.

"그렇다면 할 수 없지. 네가 그 일을 하는 동안 나는 망을 볼게."

우리는 산골짜기로 되돌아갔다. 소년은 내키지 않는 듯 느릿느릿 움직였지만, 다행히도 불만 섞인 말을 더 하진 않았다.

"먼저 몸을 물에 적시는 게 좋을 것 같아. 그래야 뜨거운 열기로부터 보호할 수 있을 테니까."

우리는 곧 골짜기의 작은 호숫가로 향했다. 물에 손을 담그자 얼음장처럼 차가웠다. 나는 옷을 입은 채로 호수에 풍덩 뛰어들었다. 소년도 물속으로 뛰어들었다. 온몸이 달달 떨렸다. 소년은 이를 딱딱 마주쳤다. 우리는 차가운 물이 피부 속까지 스며들도록 한참을 물속에 머물렀다. 그러다 천천히 몸을 일으켜 물 밖으로 나왔다.

나는 미소를 지으며 말했다.

"우리 둘 다 물에 흠뻑 젖은 고양이 같아."

소년도 살짝 미소를 지었다. 나는 아무 말 없이 소년이 철문을 열 때 사용했던 보호용 마스크를 건넸다. 그러고는 흠뻑 젖은 수건을 머리에 둘렀다. 두 눈을 위해 미리 뚫어 놓은 구멍 두 개를 제외하고선 빈틈없이 얼굴을 가렸다. 누가 이 모습을 본다면 분명 체크무늬 유령이라 생각했을 것이다. 손에는 장갑 두 개를 겹으로 꼈다.

내가 철문을 향해 걸어가는 동안, 소년은 해를 지키는 여인이 오는지 망을 보았다. 철문에 가까이 다가갈수록 점점 더워졌다. 나는 소년에게 두려워하는 모습을 들키지 않으려고 일부러 쿵쿵 발소리를 내었다. 사실은 두려워 죽을 지경이었다. 도대체 지금 무슨 일을 하고 있는 걸까? 해를 지키는 여인에게 들키는 날엔 어떤 일이 벌어질까?

나는 머릿속을 헤집는 갖가지 질문들을 떨쳐 내기라도 하듯 고개를 세차게 젓고는 소년을 돌아보며 큰 소리로 외쳤다.

"이제 시작할게."

소년은 대답 대신 보일 듯 말 듯 고개만 끄덕였다. 철문 안쪽에서 흘러나오는 열기는 너무나 강렬했다. 철문의 빗장은 마치 끓는 물을 담아 놓은 철 냄비처럼 뜨거웠다. 철문을 열기 위해 빗장을 당겨 보았다. 그러나 꿈쩍도 하지 않았다. 온몸의 무게를 실어 힘껏 당겨 보았지만 내 힘만으로는 역부족이었다. 나는 소년을 돌아보았다.

"내 힘만으로는 안 될 것 같아. 부탁이야, 도와줘."

소년은 아무 대답을 하지 않았다. 얼굴이 마스크로 가려져 있어서 무슨 생각을 하는지 알아내기가 어려웠다.

"제발 부탁이야!"

마침내 소년이 내게로 다가왔다. 소년의 뒤를 따라오던 강아지는 철문에서 멀찍이 떨어진 곳에서 발을 멈추었다.

"힘을 합쳐야 해. 여기, 내 옆에 서서 힘을 보태 줘."

소년의 마스크 뒤에서 한숨 소리가 새어 나왔다. 내키지 않은 듯했지만 내가 시키는 대로 했다. 우리는 철문의 빗장을 함께 당겼다. 강아지는 두려움에 떨며 낑낑거렸다. 철문 안쪽에서 흘러나오는 열기가 참을 수 없을 정

도로 강렬해졌다. 하지만 빗장은 여전히 꼼짝도 하지 않았다.

"다시 당겨 보자. 하나, 둘, 셋!"

나는 입을 앙다물고 외쳤다. 우리는 다시 철문의 빗장을 힘껏 잡아당겼다. 그제야 귀가 찢어질 듯 날카로운 소리를 내며 빗장이 조금 움직였다.

나는 또다시 소리쳤다.

"한 번만 더! 힘을 내! 하나, 둘, 셋!"

우리는 젖 먹던 힘까지 다 짜내어 빗장을 잡아당겼다. 드디어 기괴하고 날카로운 소리와 함께 철문을 굳게 가로막고 있던 빗장을 빼냈다. 나는 무거운 숨을 헉헉 몰아쉬었다. 소년은 몇 발자국 뒤로 물러나 마스크를 벗고 얼굴에 흐르는 땀을 닦았다. 나는 소년에게 다가간 뒤 머리에 두르고 있던 수건을 벗어 던졌다. 우리는 그 자리에 서서 철문을 가만히 바라보았다.

소년이 떨리는 목소리로 말했다.

"릴리아, 정말로 이 일을 할 수 있을 것 같니?"

내 목소리는 소년의 목소리보다 더 심하게 떨렸다.

"아니……."

"잘 생각해 봐. 우린 이 일을 하지 않아도 돼. 지금이라도 철문에 빗장을 다시 걸어 놓고, 젖은 옷을 말리며 자두를 따 먹어도 되잖아. 오늘 일은 해를 지키는 여인에게 비밀로 하면 돼."

나는 천천히 고개를 저었다.

"그건 안 돼."

"그래……, 그렇게 말할 줄 알았어."

소년은 마스크를 도로 썼다. 나도 수건을 머리에 둘렀다. 우리는 함께 철문으로 다가갔다. 이번에는 소년이 앞장을 섰다. 철문의 손잡이에 손을 얹고는 생각에 잠긴 듯 잠시 가만히 서 있었다. 그러다 결심한 듯 단호하게 고개를 치켜들고 허리를 쭉 폈다. 소년은 내가 무슨 말을 하기도 전에 철문을 힘차게 열었다. 철문이 끼익 하는 소리를 내며 움직이기 시작하자 옆으로 활짝 열릴 때까지 힘껏 밀었다.

빛……. 철문 안에서 쏟아져 나오는 빛은 내가 상상했던 그 어떤 빛보다 더 강렬했다. 눈을 지그시 감았지만 그 빛을 피할 수는 없었다. 빛이 눈꺼풀을 뚫고 들어왔다. 열기 또한 매우 강렬했다. 그처럼 뜨거운 열기는 난생처음이었다. 온몸이 타 들어가는 것만 같았다. 열기가 점점 가까이 다가왔다. 점점 더 가까이!

우리는 서둘러 몸을 피해야 했다. 누가 먼저랄 것도 없이 달리기 시작했다. 강아지도 두려움에 떨며 허겁지겁 뒤를 따랐다.

"호수로! 호수로 가야 돼!"

내가 소리쳤다. 우리는 곧 물속으로 첨벙 뛰어들었다.

"강아지야, 너도 얼른 들어와!"

강아지도 물속에 뛰어들었다. 우리는 얼굴만 내놓고 물속에 몸을 담근 채 아무 말 없이 철문을 뚫어지게 바라보았다. 빛과 열기가 점점 더 강해졌다. 골짜기의 공기가 매섭게 달아올랐다. 철문 가까이에서 자라고 있던 나무와 꽃들이 순식간에 말라 죽기 시작했다.

시간이 갈수록 열기는 더욱더 강렬해졌다. 곧 철문을 바라보는 일도 그만두어야 했다. 나는 젖은 수건으로 얼굴을 덮고는 고개를 푹 숙였다. 호수 속의 물에도 변화가 생기기 시작했다. 얼음처럼 차갑던 물이 미지근해졌다.

이제 호숫물마저 뜨거워진다면 우리는 갈 곳을 잃어버릴 것이다. 호수 밖으로는 도저히 나갈 수가 없었다. 공기가 물보다 더 뜨거웠기 때문이다.

소년이 말했다.

"릴리아, 잠수해. 물속으로 들어가!"

우리는 크게 심호흡을 한 후, 물 밑으로 잠수했다.

잠자리가 수면 위로 떼지어 날고 있었다. 물 위에 내리비치는 빛이 너무나 강렬해서 아무것도 볼 수 없었다. 강아지가 몸부림을 쳤다. 소년은 버둥거리는 강아지를 꼭 안아 주었다. 숨이 막히기 시작했다. 여기서 죽을 수밖에 없다는 생각이 들었다. 이렇게 계속 있다간 물에 빠져 죽을 것이고, 물 밖으로 나가면 뜨거운 열기에 타 죽을 터였다.

그 순간, 놀라운 변화가 생겼다. 뜨거운 열기가 서서히 사라지는가 싶더니 강렬하던 빛이 서서히 약해졌다. 강아지가 소년의 팔에서 빠져나갔다. 나는 수면 위로 얼굴을 내밀고 숨을 몰아쉬었다. 주변의 꽃들이 죄다 축 늘어져 있었고, 철문 가까이에 있던 나무와 꽃은 아예 재로 변해 있었다.

"이럴 수가!"

물 위에 잠자리 시체가 둥둥 떠다녔다. 그나마 몸집이 큰 잠자리 한 마리가 안간힘을 써서 연꽃 위로 기어 올라갔다. 그러고는 곧 정신을 차린 듯 허공으로 날아올라 골짜기 안쪽으로 향했다.

골짜기 안쪽의 나무들은 여전히 녹색을 띠고 있었다. 꽃과 열매도 제 모습을 잃지 않았다. 눈에 보이는 모든 것들은 강렬한 빛 속에서 더욱 선명하게 색을 발했다. 음영의 차이도 더 강해졌다. 골짜기 위 하늘에 해가 걸려 있었다. 이글거리는 거대한 태양! 그것이 내뿜는 빛이 너무나 강렬해서 제

대로 쳐다볼 수가 없었다. 숨쉬는 것조차 힘들었다. 손가락 하나 까딱하기도 쉽지 않았다.

"해가 움직이고 있어."

소년이 속삭였다. 나는 거대한 불덩어리를 감히 쳐다볼 엄두를 낼 수가 없었다. 하지만 그것이 점점 멀어지는 게 느껴졌다. 골짜기를 뒤덮고 있던 열기가 서서히 사라지고 있었다.

"응……."

나는 한숨을 쉬듯 나직이 말했다.

"응……."

소년도 마찬가지였다. 별안간 소년이 내 손을 잡고 내 눈을 뚫어지게 바라보며 심각한 표정을 지었다.

"우리가 해냈어."

"응, 그런 것 같아."

그런데 소년이 갑자기 내 손을 뿌리치며 동굴 쪽을 가리켰다.

"저길 봐!"

나는 얼른 몸을 돌려 그쪽을 보았다. 동굴 입구에 활활 타는 불길이 기다랗게 선을 그리듯 이어져 있었다. 우리는 곧 물 밖으로 나왔다.

"저게 뭘까?"

우리는 동굴 쪽으로 걸음을 옮겼다. 하지만 몇 미터도 채 가지 않아 발을 멈추어야만 했다. 뜨거운 열기를 이겨낼 수가 없어서였다. 순간, 소년이 몸을 돌리며 허공을 가리켰다.

"저기, 위쪽으로 이어져 있어."

나는 고개를 치켜들고서, 소년이 가리키는 것을 자세히 보기 위해 손바닥으로 눈 위에 그늘을 만들었다. 하지만 빛이 너무나 강렬해서 아무것도 볼 수가 없었다. 소년이 동굴 쪽으로 뛰어가 그 안을 들여다보았다.

"동굴 안쪽으로 이어져 있어."

나도 그 뒤를 따라갔다. 재로 뒤덮인 캄캄한 동굴 속에서 눈에 보이는 것이라곤 빛을 발하는 동아줄 한 오라기뿐이었다. 그 줄을 따라 동굴 안쪽으로 들어가자 돌돌 감겨 있는 밧줄 뭉치가 바닥에 놓여 있었다.

우리는 그제야 그것이 무엇인지 깨달았다.

"해가 이 동아줄에 묶여 있어!"

우리는 동시에 외쳤다. 바로 그때, 동굴 바깥쪽에서 발자국 소리가 들렸다.

"안 돼!"

여인의 비명 소리였다.

"이럴 수가!"

우리는 그녀를 피해 동굴 안쪽으로 깊숙이 들어갔다. 캄캄한 동굴 안에서 그녀의 충혈된 눈동자가 번쩍였다. 그녀의 눈빛은 하늘의 해만큼이나 강렬했다.

"도대체 무슨 짓을 한 거야! 너희가 무슨 짓을 했는지 알기나 하니?"

해를 지키는 여인은 대답을 기다리지도 않고 우리를 지나친 후, 활활 타오르는 동아줄을 황급히 집어 들었다. 그러다 살을 뚫는 듯한 고통을 이기지 못하고 비명을 내질렀다. 잠시 후 느슨하던 동아줄이 팽팽해졌다. 그녀는 목줄을 한 성난 사냥개에게 질질 끌려가듯 동아줄에 이끌려 동굴 밖으로 나갔다.

우리는 허겁지겁 그녀의 뒤를 따랐다. 그녀는 동아줄을 손에서 놓치지 않

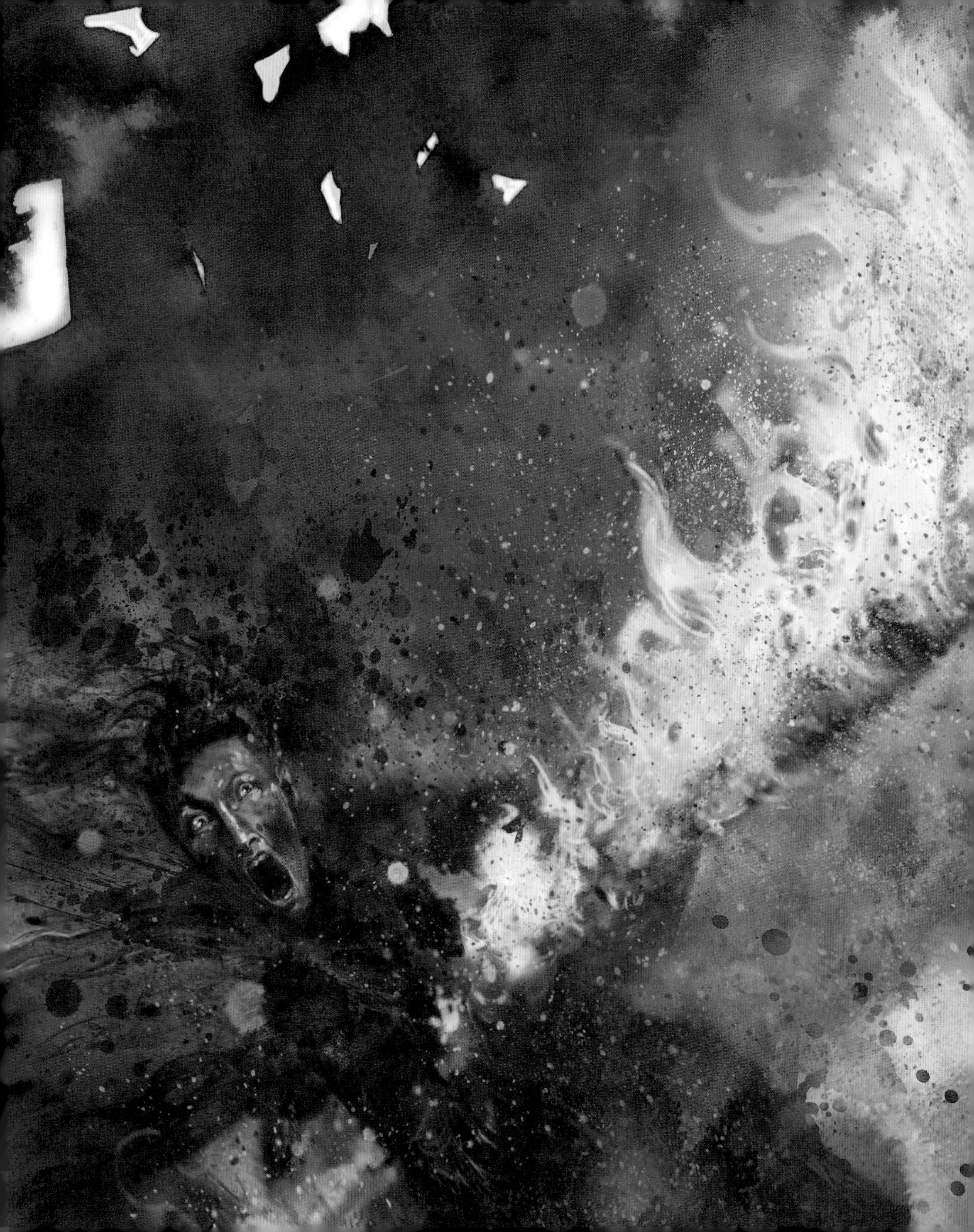

으려 안간힘을 썼다.

소년이 힘껏 소리쳤다.

"동아줄을 놓으세요! 부탁이에요! 얼른 놓으라고요!"

해를 지키는 여인은 등을 돌려 우리를 매섭게 노려보았다. 눈빛이 몸을 관통할 정도로 날카롭고 강렬했다.

그녀는 화를 억누르며 힘겹게 말했다.

"난 모든 것을 희생했어. 죽어도 이 동아줄을 놓지 않을 거야!"

그녀는 동아줄을 손에 돌돌 감아 해를 끌어당기려 했다. 하지만 하늘 위의 해는 꼼짝도 하지 않았다. 오히려 그녀가 해를 이기지 못하고 허공으로 끌려 올라갈 것만 같았다.

아니나 다를까, 그녀는 허공에서 두 발을 버둥거리더니 나무 한 그루를 부여잡고 간신히 몸을 지탱했다. 활활 타오르는 밧줄이 나무에 닿자 순식간에 타 버렸다. 바로 그 순간, 해가 그녀를 떨쳐 내기라도 하듯 갑자기 방향을 바꾸었다.

우리는 동아줄을 손에서 내려놓으라고 소리치며 허둥지둥 뒤따랐지만, 그녀는 한순간 어디론가 휙 사라져 버렸다.

나는 소년을 힐끔 돌아보았다. 소년은 내게로 한 발짝 다가와 마스크를 벗었다. 얼굴이 열기 때문에 발갛게 상기되어 있었고, 이마에서는 땀이 주르르 흘러내렸다.

소년의 두 눈은 슬픔으로 가득 차 있었다. 그 모습을 숨기려는 듯 고개를 돌리며 나를 외면했다.

내가 말했다.

"그녀를 도와줘야 해. 그녀가 네 목숨을 구해 주었던 것처럼."

소년은 체념한 듯 천천히 고개를 저었다.

"해를 지키는 여인을 구할 수 있는 사람은 이 세상에 아무도 없어."

햇살의 축복

7

하늘의 해는 마을로 돌아가는 우리의 등을 비추었다. 그러면서 우리에게서 점점 더 높아지고 점점 더 멀어졌다. 견딜 수 없이 뜨겁기만 하던 열기도 어느덧 사라졌다.

그런데 나는 해를 지키는 여인을 머릿속에서 지울 수가 없었다. 해에게 질질 끌려가던 그녀의 절망적인 표정, 활활 타오르는 동아줄을 부여잡고 있던 두 손, 금방이라도 허공으로 떠오를 것처럼 버둥거리던 두 발.

나는 그 모습을 떨치기 위해 그녀와 전혀 상관없는 사람이라고 몇 번이나 되뇌었다. 그녀는 정신병자야. 해가 그녀를 더 멀리 끌고 가 주기만 한다면 우리에게 그보다 더 좋은 일은 없을 거야. 하지만 이글이글 타오르던 그녀의 눈빛은 내 머릿속을 결코 떠나지 않았다.

우리는 몸을 보호하기 위해 겹겹이 껴입었던 옷을 모두 벗어 던졌다. 젖어 있던 치마가 따스한 공기에 금방 말랐다. 숲속의 축축한 습기가 마르면

서 안개를 만들어 냈고, 나뭇가지에 매달려 있던 빗방울이 햇살을 받아 반짝였다. 여기저기서 곤충들의 바쁜 날개짓 소리가 들려왔다.

눈앞의 세상은 이전과 비교할 수 없을 정도로 환했다. 난생처음으로 옹이투성이 나무들을 자세히 보았다. 이끼가 얼마나 많은 종류의 녹색으로 이루어져 있는지도 알게 되었다. 나무 사이로 보이는 하늘의 푸른색이 너무나 선명하고 아름다웠다. 나는 하늘이 그토록 푸를 수 있다는 사실을 처음으로 깨달았다. 물감통의 창백한 푸른색과는 비교할 수조차 없었다.

우리는 호리호리한 자작나무가 하늘을 향해 가지를 뻗고 있는 숲 어귀에 이르렀다. 전에는 자작나무 가지에 잎이라곤 하나도 볼 수 없었다. 하지만 지금은 나뭇가지마다 파릇파릇한 싹이 돋아나 있었다.

"여길 봐!"

나는 자작나무로 뛰어가 가지를 향해 손을 뻗었다. 조그마한 녹색 이파리가 수줍은 듯 고개를 내밀고 있었다.

"여기도!"

소년이 땅을 가리켰다. 거기에는 작고 하얀 숲바람꽃이 흙을 뚫고 올라오고 있었다. 문득 등 뒤에서 새가 지저귀는 소리가 들려왔다. 그와 동시에 티티새 한 마리가 날갯짓을 하며 우리 머리 위를 지나쳤다. 그 뒤에는 할미새 한 마리가 따랐다. 새들이 지저귀는 소리가 웃음소리처럼 경쾌하게 들려서 나도 모르게 따라 웃었다. 한없이 무겁던 마음이 한결 가벼워졌다.

"나를 따라와!"

나는 소년의 손을 잡고 숲을 가로지르며 달렸다. 우리는 가끔 발을 멈추고 여기저기를 손으로 가리키며 미소를 주고받았다. 이 숲이 영원히 어둠 속에 묻혀 있을 줄로만 알았다. 이 숲에 오직 이끼와 까마귀, 전나무만 있을 줄 알았다. 이제 숲속은 생기로 가득했다. 작은 새들은 새집에서 알을 낳았고, 산토끼는 우리 앞으로 뛰어갔으며, 땅에는 노루귀바람꽃과 민들레, 크로커스가 피어올랐다. 여기저기 둥그런 녹색 이파리를 길게 늘어뜨린 활엽수가 햇살을 만끽하고 있었다.

우리는 숲을 지나 할아버지의 온실이 보이는 곳에서 발을 멈추었다. 온실 문이 활짝 열려 있었다. 들판 한가운데에는 푸릇푸릇한 잔디와 함께 야생화들이 하늘을 향해 피어나고 있었다. 거기에는 테아와 톰, 그리고 그 아이들의 엄마가 하늘을 향해 두 눈을 감은 채 서 있었다. 티릴을 안은 엄마의 뺨에 눈물이 한 줄기 흘러내렸다.

눈물을 흘리는 사람은 그녀뿐만이 아니었다. 들판에 모여든 마을 사람들 모두 해를 바라보며 눈물을 흘렸다. 두 눈을 감은 채 양볼과 이마에 부드럽게 내리쬐는 따스한 햇살에 그저 미소를 짓고 있는 사람도 있었다. 꽃을 엮어 서로의 목에 걸어 주거나 머리에 얹어 주는 사람도 있었다.

나는 소년의 손을 힘주어 꼭 잡았다.

"우리가 해냈어!"

소년이 내 손을 더 단단히 잡으며 대답했다.

"다 네 덕분이야, 릴리아!"

우리는 천천히 마을 길을 거닐었다. 햇살에 말리려고 정원에 널어 놓은 색색의 담요와 이불들이 산들바람에 흔들거렸다. 사람들은 너나없이 집 밖으로 나와 햇살을 즐겼다. 그간 창고를 지켰던 정원용 가구들을 비롯해, 다락과 지하실에 있던 낡은 해먹이 마침내 제자리를 찾았다.

여기저기서 조그만 새싹들이 머리를 내밀었다. 벚나무에는 분홍색 꽃이 구름처럼 피어올랐고, 사과나무 아래에는 아스라이 떨어진 하얀 사과꽃으로 발 디딜 틈이 없었다. 사람들의 웃음소리가 공기를 가득 채웠다. 할아버지와 할머니의 웃음소리, 굵직한 목소리를 가진 아저씨의 웃음소리, 유리가 부딪치듯 청아한 소녀들의 웃음소리, 꽃잎을 허공으로 던져 올리며 깔깔대는 톰의 웃음소리, 무엇이 그리도 즐거운지 딸꾹질까지 하는 티릴의 웃음소리……. 마을 사람들의 즐거운 웃음소리에 내 머리와 가슴이 따스해졌다.

이윽고 소년과 함께 집에 도착했다. 대문 앞 벤치에 할아버지가 앉아 있었다. 할아버지는 해를 향해 지그시 눈을 감은 채 꼼짝도 하지 않았다. 잠을 자듯 이처럼 느긋하게 앉아 있는 할아버지를 이전에는 한 번도 본 적이 없었다.

나는 할아버지에게 나직이 말을 걸었다.

"할아버지."

눈을 치켜뜨는 할아버지를 보는 순간, 정말로 잠에 빠져 있었다는 것을 깨달았다. 나는 몸을 일으키려는 할아버지를 두 손으로 말렸다.

"괜찮아요, 할아버지. 앉아 계세요."

나는 소년을 돌아보며 말했다.

"네게 소개시켜 주고 싶은 분이 있어."

소년은 할아버지에게 다가가 수줍은 듯 살짝 고개를 숙여 인사를 했다. 할아버지가 손등으로 한쪽 눈을 비볐다.

할아버지는 소년을 흘낏 바라보더니 천천히 고개를 끄덕였다.

"언젠가 본 적이 있는 아이구나."

“언젠가 산골짜기 안으로 깊숙이 들어오셨던 날, 저를 보셨을 거예요.”

“네가 누군지 늘 궁금했지. 거기서 잘 살고 있는지 걱정도 되었고.”

“고맙습니다. 그곳에서 사는 건 나쁘지 않았어요.”

“적어도 배불리 먹을 수는 있었을 테니까.”

“네, 그렇습니다.”

할아버지는 소년을 가만히 바라보다가 다시 입을 열었다.

“하지만 무척 외로웠을 것 같은데?”

“네……. 아니……, 사실은 저도 잘 모르겠어요.”

“릴리아가 너를 발견한 모양이구나. 릴리아는 내 손녀란다. 호기심이 아주 많은 아이지.”

소년이 고개를 끄덕였다.

“네, 릴리아가 저를 발견한 것은 제게 큰 행운이죠.”

할아버지가 크게 숨을 내쉬었다. 하지만 그것은 무거운 한숨이 아니라 안도의 한숨이었다.

“여기 앉아서 잠시 쉬려무나. 마침내 다 끝이 난 것 같구나. 그래, 그런 것 같아. 끝이 난 것 같아.”

할아버지는 옆으로 비켜 앉으며 우리에게 자리를 내어주었다. 우리는 벤치에 나란히 앉아 고개를 뒤로 젖히고 눈을 지그시 감았다. 양볼과 코끝을 간질이는 햇살을 느꼈다. 따스한 온기가 피부를 뚫고 내 가슴속까지 전해졌다. 이제 할아버지 말대로 모든 게 끝이 났으니, 나는 이곳에 가만히 앉아 햇살을 즐기기만 하면 된다고 생각했다.

수상한 쪽지

8

얼마나 오래 앉아 있었을까? 내 머릿속엔 그저 따스한 햇살이 가져다준 아름답고 행복한 생각뿐이었다. 하지만 그 간질간질한 느낌은 한순간에 바뀌어 버렸다. 왠지 느긋하고 편안한 느낌이 없었다. 여기저기가 간지럽고 따끔거리기 시작했다.

게다가 해를 지키는 여인의 모습이 다시 내 머릿속을 꽉 채워 버렸다. 그녀는 지금 이 세상 어딘가에 홀로 있을 것이다. 어쩌면 지금도 여전히 해와 싸우고 있을지도 몰랐다. 나는 그녀에 관해 물어보고 싶은 것이 너무나 많았다. 사실은 할아버지와 산골짜기에 관해서도…… .

나는 할아버지를 돌아보며 물었다.

"할아버지는 어떻게 찾아내셨어요?"

"뭘?"

할아버지가 감고 있던 눈을 살며시 떴다.

"산골짜기로 향하는 오솔길 말이에요. 그리고 골짜기에서 자라는 채소와 과일들……."

할아버지는 헛기침을 하며 생각에 잠겼다.

"그래, 이젠 네게 모든 걸 설명해 줘도 될 것 같구나."

할아버지는 말없이 몸을 일으켜 집 안으로 들어갔다. 소년이 의아한 표정으로 나를 바라보았다. 나 역시 영문을 모르기는 매한가지였기에 어깨를 으쓱 추켜올렸다.

한참 후에 할아버지가 밖으로 나왔다. 손에 편지 한 장이 쥐여 있었다.

"채소 광주리를 처음 발견했던 날, 그 안에 이 편지가 들어 있었단다. 벌써 수년 전의 일이지. 그때 내 곁에는 릴리아, 너 말고는 아무도 없었어. 나는 크나큰 책임감에 어깨가 몹시 무거웠단다. 너를 돌봐야 하는 동시에, 마을 사람들을 위해 온실에서 채소와 과일을 재배해야 했으니까. 그런데 날이 갈수록 온실 사정이 나빠졌어. 아무것도 자라지 않았거든. 밤낮으로 갖은 애를 써 보았지만, 마을 사람들에게 필요한 양식을 키워 내는 건 불가능했지. 게다가 그즈음에 누군가가 나를 멀리서 지켜보고 있다는 느낌이 들어서 미쳐 버릴 것만 같았단다."

할아버지가 나를 흘낏 바라보았다. 나는 고개를 끄덕였다. 나 역시 그런 느낌에 휩싸였던 적이 있었기에 어떤 기분인지 충분히 짐작이 갔다.

"그러던 어느 날, 온실 밖에서 화분의 흙을 갈고 있을 때였지. 빨간 체리 하나가 땅에 떨어져 있는 게 눈에 띄었어."

"골짜기에서 자란 체리였나요?"

소년이 물었다. 하지만 할아버지는 그 말에 대꾸하지 않고 말을 이었다.

"나는 그 체리를 집어 들고 아무 생각 없이 바로 삼켰단다. 내가 먹어 본 과일 중에서 제일 달콤하고 싱싱했어. 고개를 들어 보니 조금 떨어진 곳에 체리 한 알이 더 떨어져 있지 뭐냐? 곧장 달려가서 그것도 주워 먹었지. 다시 고개를 드니 또……."

"체리를 하나 더 발견하신 거예요?"

할아버지가 고개를 끄덕였다.

"땅에 떨어져 있는 체리를 따라 점점 더 깊은 숲속으로 들어갔지. 나는 마치 정신 나간 사람처럼 체리를 따라 걸었단다. 너무나 배가 고팠거든. 게다가 그 체리는 내가 태어나서 먹어 본 것 중에서 제일 맛있었으니까."

할아버지는 환하게 미소를 지으며 잠시 침묵을 지켰다.

"그래서 어떻게 되었어요?"

나는 할아버지를 재촉했다.

"마침내 골짜기 어귀에 이르렀단다. 광주리 하나가 놓여 있었지. 그것이 첫 번째 광주리였어. 이 편지는 바로 그 광주리에 들어 있었고."

할아버지가 내게 편지를 내밀었다. 소년이 어깨 너머로 편지를 훔쳐보았다. 그러고는 내게 물었다.

"그건 뭐니?"

"뭐?"

"그 이상한 그림 말야."

"아, 이건 글자라고 하는 거야. 이것들이 모여서 말이 되지."

소년은 눈을 둥그렇게 뜨며 글자를 가리켰다.

"이게 모여서 말이 된다고?"

"큰 소리로 읽어 볼까?"

소년은 세차게 고개를 끄덕였다. 나는 구겨진 종이를 반듯하게 펴고 편지를 읽기 시작했다.

이 광주리를 발견한 사람에게

광주리에 담긴 채소와 과일은 당신 것입니다.

"그게 전부야?"

소년이 물었다.

"아냐, 더 있어."

나는 편지를 마저 읽었다.

사흘에 한 번씩 빈 광주리를 가지고 이곳으로 오면, 채소와 과일이 가득한 새 광주리를 다시 가져갈 수 있습니다. 대가는 지불하지 않아도 됩니다. 단, 당신이 지켜야 할 두 가지 규칙이 있습니다.

첫째, 어디서 음식을 구했는지 다른 사람들에게 절대로 말하면 안 됩니다.

둘째, 산길을 지나 골짜기 안으로 들어오는 것은 금지합니다.

만약, 이 규칙을 지키지 않으면 당신은 음식이 담긴 광주리를 영원히 얻지 못할 것입니다. 그러면 당신의 손주가 굶어 죽을 수도 있습니다…….

나는 편지의 뒷장을 살펴보았다.

"보낸 사람의 이름이 없어. 이 편지를 누가 썼을까?"

소년이 나직이 속삭였다.

"해를 지키는 여인일 거야. 너와 할아버지가 먹을 음식이 없어서 굶는 것을 보고 도와주고 싶었을 테니까."

할아버지가 소년의 말에 고개를 끄덕였다.

"숲속에서 얼핏 그녀를 본 적이 있어. 거뭇거뭇한 얼굴과 그림자에 불과했지만."

"할아버지는 음식을 더 많이 가져오기 위해서 골짜기 안으로 들어가 본 적이 한 번도 없으세요?"

"딱 한 번 있었어. 하지만 소년이 거기에 있어서 더는 들어가 볼 용기를 내지 못했지. 내가 규칙을 어기면 편지 주인에게 고자질을 할 거라고 생각했거든."

나는 다시 편지를 읽어 보았다.

첫째, 어디서 음식을 구했는지 다른 사람들에게 절대로 말하면 안 됩니다.

둘째, 산길을 지나 골짜기 안으로 들어오는 것은 금지합니다.

그녀는 모든 것을 이전과 다름없이 유지하기 위해 이 두 가지 규칙을 만들었다. 아무도 해를 찾아낼 수 없도록, 그래서 아무도 갇혀 있는 해를 풀어 주지 못하도록. 마치 어둑한 동굴에 죄수를 가두듯 산속에 해를 꽁꽁 가두어 두고선 그 해를 지키기 위해 자신의 삶을 바쳤다.

그리고 나는 그녀의 삶을 망쳐 버렸다.

할아버지 얼굴이 햇살에 그을려 발개졌다. 소년은 그늘에서 벗어나더니, 가만히 선 채로 눈 위에 손그림자를 만든 후 하늘의 해를 지그시 바라보았다.

"해가 멈추었어. 아까부터 저 자리에서 꼼짝도 하지 않아."

할아버지는 아무 말도 하지 않고 천천히 몸을 일으켰다. 손으로 벽을 짚으며 현관문까지 뻣뻣하게 걸어갔다.

"한숨 자는 게 어때? 시간이 지나면 해결되리라고 믿는 수밖에."

할아버지는 이렇게 말한 뒤 집 안으로 쑥 들어갔다.

소년과 나는 제자리에 계속 서 있었다. 내가 소년에게 물었다.

"너도 시간이 지나면 다 해결될 거라고 생각하니?"

소년은 고개를 저었다.

"그녀가 해를 잡고 놓아주지 않는 것 같아."

"이제 어떻게 하지?"

소년은 마치 대답을 쥐고 있기라도 하는 듯 내게 불쑥 손을 내밀었다. 하지만 손은 텅 비어 있었다. 나는 소년의 손을 꼭 잡아 쥐었다.

"조금만 더 기다려 보자. 미리 두려워할 필요는 없어. 우리 집에서 자도 좋아. 비어 있는 침대가 여러 개 있으니까 그걸 써."

소년이 하품을 하며 대답했다.

"한숨 자 두는 것도 좋겠구나."

갑자기 나도 피곤해졌다. 너무나 피곤해서 온몸이 다 쑤셨다. 긴장감과 행복함, 그리고 두려움……. 이 모든 느낌들이 내 속에서 한꺼번에 자라기 시작했다.

나는 소년을 위해 침대에 침대보를 씌우고 이불을 마련해 주었다. 그 침대는 부모님이 사용하던 것이었다. 적적하던 곳이 생기로 채워져서 기분이 좋아졌다. 소년이 침대에 몸을 쭉 뻗고 눕자 강아지도 그 옆에 몸을 웅크린 뒤 눈을 감았다.

그 모습을 보는 순간, 소년과 강아지가 이 집에 함께 살았으면 좋겠다는 생각이 스쳤다. 그들과 함께하는 삶을 떠올리자, 너무나 기분이 좋아서 배 속이 간질간질해졌다.

이젠 하도 더워서 평소 사용하던 두꺼운 잠옷을 입을 수가 없었다. 나는 잠옷을 차곡차곡 개어 침대 발치에 놓아둔 후, 할아버지가 입던 크고 헐렁한 티셔츠를 잠옷 대신 걸친 채 이불 위에 드러누웠다.

막 잠이 들었다고 생각하는 순간, 창 밖에서 축제를 하며 시끌벅적하게 웃고 떠드는 마을 사람들의 소리가 들려왔다. 새들이 지저귀는 소리와 할아버지가 코를 고는 소리가 함께 섞여 들렸다. 담요를 머리 위로 뒤집어써 보았지만 더워서 그마저 포기해야 했다. 창으로 쏟아지는 햇살이 너무나 강렬해서 잠을 잘 수가 없었다.

결국 벌떡 일어나 앉고 말았다. 할아버지는 깊은 잠에 빠져 있었다. 살금살금 침대에서 빠져나와 소년과 강아지가 자는 방을 들여다보았다. 그들도 자고 있었다. 그들을 깨우지 않으려고 소리 죽여 옷을 갈아입은 뒤 살그머니 밖으로 나갔다.

어느 순간부터 새들이 지저귀는 소리도, 사람들이 웃고 떠드는 소리도 더 이상 들리지 않았다. 하늘에는 여전히 해가 높이 떠 있었다. 잠들기 전에 보았을 때와 똑같은 자리에 있는 듯했다. 그런데 훨씬 더 커진 것 같았다. 마치 성을 내며 커다랗게 부풀어 오른 듯싶기도 했다.

등 뒤에서 문이 열리는 소리가 나더니 소년이 밖으로 나왔다.

"나 때문에 못 잔 건 아니지? 너를 깨우려 했던 건 아닌데……."

"아니야, 잠을 잘 수가 없었어."

소년의 얼굴이 피곤에 절어 푸석푸석했다. 소년 역시 해를 보려고 고개를 들었다가 빛이 너무나 강해서 얼른 얼굴을 돌렸다.

"해가 더 커진 것 같지 않니?"

내가 물었다.

"응, 그런 것 같아."

우리는 뜨거운 햇살 속에 가만히 선 채 적막함에 귀를 기울였다. 이윽고 소년이 물었다.

"광장으로 가 볼까?"

우리는 광장으로 향하는 길을 나란히 걸었다. 나무 사이에 매달아 놓은 해먹에서 노부인이 코를 골며 자고 있었다. 열린 창문 너머로 커다란 침대에 온 가족이 함께 누워 자는 모습도 보였다.

나는 광장의 시계탑을 올려다보았다. 2시 30분이었다.

"지금은 새벽인 것 같아. 이 시간을 새벽이라고 불렀던 때가 있었어."

우리는 계속 발걸음을 옮겼다. 소년이 혼잣말을 하듯 나직이 물었다.

"사람들이 잠에서 깨면 무슨 생각을 할까? 여전히 제자리에서 꼼짝도 하지 않는 해를 보면서……."

"글쎄……, 무언가 잘못되었다고 생각할 거야. 해를 되찾았어도 나아진 게 없다고 생각할 게 분명해. 아니, 어쩌면 이전보다 더 나빠졌다고 생각할지도 모르고."

우리는 모퉁이를 돌아 광장에 도착했다. 그곳에는 축제의 흔적이 고스란히 남아 있었다. 여기저기 얼룩진 테이블보와 쓰러진 의자, 그리고 빈 유리잔……. 테이블에는 음식이 반쯤 남아 있는 접시도 많이 있었다. 어떤 접시는 아예 손을 대지도 않은 듯 음식이 수북하게 담겨 있었다. 이전에는 음식

을 남긴다는 걸 상상도 할 수 없었다. 파리 두 마리가 날아와 딸기 위에 내려앉았다.

음식을 맛보는 것은 파리뿐만이 아니었다. 해도 음식을 맛보는 것 같았다. 광주리와 접시에 남아 있는 음식이 모두 썩어 가고 있었다. 배의 가장자리가 갈색으로 변했고, 라스베리는 바짝 말라 있었다. 양배추를 들어 올리자 쭈글쭈글한 잎이 힘없이 축 처졌다.

너무나 무더운데도 내 등에는 한기가 스쳤다. 앞으로 일어날 일을 눈앞에 보고 있는 것만 같았다. 머지않아 모든 것이 이처럼 시들어 버릴 것이 분명했다. 결국 모든 것은 말라 비틀어져 죽어 버릴 것이다. 모든 것, 모든 사람……. 우리도 마찬가지겠지.

나는 소년을 돌아보았다. 두 눈을 동그랗게 뜬 채 심각한 표정을 짓고 있었다. 내가 무슨 생각을 하고 있는지 알아차린 걸까? 나는 혼잣말처럼 중얼거렸다.

"그녀를 찾아야 해."

나는 문께에 서서 할아버지를 바라보았다. 작은 거실은 한증막처럼 무더웠고, 할아버지 얼굴에선 땀이 비 오듯 흘렀다. 나는 얼른 창문을 열었다. 조금 나아진 것 같기도 했다. 할아버지는 희미한 바람결을 느꼈는지 잠결인데도 불구하고 창 쪽으로 돌아누웠다.

침대로 다가가 할아버지를 내려다보았다. 내가 잘 때 할아버지가 수도 없이 그랬던 것처럼. 할아버지는 너무나 나약해 보였다. 베개 위에 놓인 머리에는 짧고 부스스한 머리카락이 듬성듬성 나 있었고, 야윈 몸은 침대의 반도 채우지 못할 만큼 작았다.

할아버지를 깨우고 싶지 않았다. 그렇지만 내가 어디로 가는지는 알려야 할 것 같았다. 나는 허리를 굽히고 할아버지를 조심스레 흔들어 깨웠다.

"할아버지?"

할아버지가 돌아누웠다.

"할아버지?"

할아버지가 눈을 끔벅이며 잠에서 깼다. 나를 보고서 놀라운 것을 발견한 듯 몸을 벌떡 일으키더니 내 옆에 있는 배낭을 손으로 가리켰다.

"떠날 모양이구나."

나는 할아버지 곁에 앉았다.

"네……, 떠나야 해요."

"그래, 알았다."

"가지 말라는 말씀은 하지 않으시는군요?"

"릴리아, 네가 떠나야 한다는 것을 알고 있어. 해를 지키는 여인을 찾아야 하니까. 이 모든 것은 네가 시작한 일이잖니? 그녀를 찾는 것도 네가 해야 할 일이지."

할아버지는 무슨 말인가를 더 하려다가 말았다. 마치 무언가를 알고 있는 듯. 하지만 끝내 아무 말도 하지 않았다. 그저 침대 옆에 있는 물컵을 들어 물을 벌컥벌컥 들이켰다.

"물을 더 가져다 드릴까요?"

나는 침대에서 일어나 할아버지의 컵에 물을 가득 채웠다. 할아버지는 컵을 거의 다 비운 후, 내 배낭을 턱으로 가리켰다.

"그 안에는 뭐가 들어 있니?"

나는 어깨를 으쓱 추켜올렸다.

"음식과 성냥, 담요, 물통……."

"물을 더 가져가거라."

"지나가다가 시냇물로 물통을 채우면 돼요."

"아냐, 나는 가뭄도 겪어 보았어. 가뭄이 들면 시냇물이 바짝 말라 버린단다."

나는 이제 무엇을 해야 할지 감을 잡을 수가 없었다. 할아버지에게 어떻게 작별 인사를 건네야 할까? 마음 같아선 할아버지를 두 팔로 꼭 안아 주고 싶었다. 할아버지 품에 오랫동안 안겨 있고 싶기도 했다. 나는 두 손을 들어 올렸다. 문득 할아버지가 나의 포옹을 거부할지도 모른다는 생각이 스쳤다. 할아버지가 몸을 휙 돌려 버리거나, 내 팔에서 몸을 비틀어 빠져나가면 어떡하지?

나는 두 손을 무릎 위에 축 늘어뜨리고 가만히 앉아 있었다. 갑자기 할아버지가 헛기침을 하고는 젖은 눈으로 나를 바라보았다. 혹시 울고 있는 것일까? 아니, 그럴 리가 없었다. 할아버지는 단 한 번도 우는 모습을 보인 적이 없었다.

"조심하거라. 조심하겠다고 약속해 주겠니?"

할아버지 목소리가 꺼칠꺼칠하게 쉬어 있었다.

"네."

"다락방에 상자가 있다는 걸 너도 알고 있지? 물감통과 식물 도감, 그리고 식물 표본첩……. 너는 다락방에서 그것들을 자주 들여다보곤 했잖아."

"네, 그래도 되는 줄 알았어요……."

"물론이지, 얼마든지 보고 사용해도 돼. 그럴수록 더 좋아."

할아버지가 몸을 일으켜 내 침대로 걸어간 후, 침대 발치에 차곡차곡 개어 놓은 나의 잠옷을 집어 들었다. 내 곁으로 다시 돌아온 할아버지는 무릎에 내 잠옷을 얹어 놓고는 옷깃과 단추를 조심스레 어루만졌다.

"이 잠옷이 다락방의 상자 속에 한 자리를 차지하는 일은 일어나지 않게 하겠다고 약속해 줄 수 있겠니?"

나는 간신히 고개만 끄덕였다. 목이 메어 아무 말도 할 수 없었다.

할아버지는 가지고 있던 것을 모두 잃어버렸다. 이젠 나마저 잃어버릴지도 모른다. 나는 혼자 남을 할아버지가 너무나 안쓰러워서 가슴이 무너져 내리는 것 같았다. 그와 동시에, 나를 잃을까 봐 두려워하는 할아버지의 깊은 사랑을 느낄 수 있어서 무척이나 행복했다.

"너는 왜 한 번도 내게 묻지 않았니? 그들에게 무슨 일이 일어났는지……."

"그들이라뇨? 우리 가족 말인가요?"

할아버지가 고개를 끄덕였다.

"저는……, 저는 잘 모르겠어요."

"단 한 번도 궁금해한 적이 없니?"

"사실은 많이 궁금했어요. 하지만 할아버지가 슬퍼하실까 봐……."

"나는 네가 슬퍼할까 봐 아무 말도 하지 않았는데……."

내 입가에 미소가 피어올랐다. 할아버지는 물컵을 들어 조금 남아 있던 물을 마저 들이켰다.

"조금 전에도 말했지만, 나는 가뭄을 겪어 보았어. 가뭄이 들면 모든 것이 다 말라 버리지. 뜨거운 햇빛 때문이란다."

할아버지가 말을 멈추고 허공을 멍하니 바라보았다. 마치 내가 알지 못하는 그때의 일을 기억해 내려는 것처럼.

"네가 한 살 되던 해……, 그해 여름에는 비가 한 방울도 내리지 않았어. 온 세상의 모든 것이 바짝바짝 마르기 시작했지. 시간이 흐를수록 햇빛은 더 강해졌고, 여기저기 죽어 가는 생명들이 넘쳐났어. 우리는 쉴 새 없이 물을 마시며 목을 축였단다. 그때 넌 젖먹이였고."

할아버지가 나를 바라보며 말을 이었다.

"나도 잘 모르겠구나. 그 모든 이야기를 너에게 해 주어도 될는지……."

"해 주세요, 하나도 빠짐없이 다 듣고 싶어요."

할아버지는 잠깐 생각에 잠겼다가 고개를 끄덕였다.

"그때 우리 집 뒤편의 개울도 모두 말라 버렸어. 개울이 있던 자리에 먼지만 남게 되었지. 우리는 한참 떨어진 호수로 가서 물을 길어 왔단다."

할아버지가 말을 멈추었다. 그때의 아픈 기억이 떠올라서인지 입가에 슬픈 미소가 어렸다. 그러다 숨을 깊이 들이쉬고 결심한 듯 말을 이었다.

"그 호수의 물은 상해 있었단다. 죽은 동물의 시체가 물속에 잠겨 있었거나, 혹은 알 수 없는 세균 때문이었는지도 몰라. 어쨌든 그 물을 마셨던 사람들은 시름시름 앓기 시작했어. 다행히 너는 괜찮았단다. 엄마 젖을 먹던 때였으니까. 여기에 모두 함께 누워 있었지."

할아버지가 거실을 가리켰다.

"네 엄마와 아빠, 언니, 오빠는 여기, 네 할머니는 저기 누워 있었어."

"할아버지는요?"

"나도 앓고 있었지. 하지만 불행 중 다행히도 최악의 상황은 피했단다. 그

나마 몸을 추스릴 수 있었기에 다른 사람들을 돌봐줘야 했어. 그들을 위해 물을 끓이고, 음식을 마련하고……. 네 엄마가 가끔이나마 너에게 젖을 줄 수 있도록 보살펴 주었지."

할아버지의 눈이 촉촉하게 젖어 오기 시작했다.

"그러고는 죽었어. 하나둘, 차례차례……. 바로 내 눈앞에서. 아이들이 먼저 세상을 떠났단다. 네 언니와 오빠 말야. 그 작은 몸뚱이로 병마를 이겨낼 수 없었던 게지. 내 힘으로는 구해 낼 수가 없었어. 그리고 네 할머니가 뒤따라 세상을 떠났단다. 그다음엔 네 아빠……. 훌쩍 큰 키에 항상 웃는 얼굴이었던 네 아빠가 세상을 떠났지."

"엄마는요?"

할아버지가 말을 멈추고 손에 들고 있던 물컵을 침대 옆 작은 테이블에 내려놓았다.

"네 엄마만큼은 살릴 수 있을 거라고 믿었어. 하지만 그 애도 결국 떠나고 말았단다. 사랑하는 사람을 한꺼번에 잃은 슬픔을 견디지 못했기 때문이지. 네 엄마는 마지막으로 젖을 먹인 후, 내 팔에 너를 안겨 주면서 잘 보살펴 달라고 부탁했어. '저 대신 릴리아를 잘 보살펴 주세요.'라고 했지. 하지만 난 이제 더 이상 너를 보살펴 줄 수가 없구나."

할아버지가 나를 바라보았다. 우리는 한참 동안 서로를 마주 보았다.

나는 침을 꿀꺽 삼키며 말했다.

"네, 이젠 스스로 저를 지켜 낼 수 있으니까요."

"약속할 수 있겠니? 진심으로! 진심으로 그렇게 하겠다고!"

"네."

“꼭 다시 돌아오겠다고 약속해 주렴.”

“약속할게요, 진심으로.”

우리는 한동안 말없이 앉아 있었다. 이젠 두 팔을 뻗어 할아버지를 꼭 안아 줄 수 있다는 생각이 스쳤다. 할아버지도 나를 안아 줄 수 있을 것이다, 여느 할아버지들처럼. 할아버지의 턱수염 때문에 따끔거려도 상관없었다. 할아버지가 나를 안아 주기만 한다면……. 용기와 희망을 줄 수 있는 포옹, 내 가슴에 오래도록 따스하게 남아 있을 포옹.

하지만 우리는 꼼짝도 하지 않았다. 그저 목석처럼 그 자리에 가만히 앉아 있었을 뿐.

결국 나는 자리에서 일어났다.

“안녕히 계세요, 할아버지.”

“릴리아, 몸조심하거라.”

나는 배낭을 들고 밖으로 나갔다. 할아버지는 침대에 가만히 앉아 있었다. 내 잠옷을 무릎에 가지런히 올려놓은 채.

언덕 밑의 낡은 집

9

우리는 해를 따라 걸었다. 산꼭대기 위에 무시무시한 불길을 내뿜으며 걸려 있는 해는 우리의 얼굴을 정면으로 비추었다. 다행히도 우리는 숲속의 나무 그늘 아래서 뜨거운 햇살을 피했다.

한동안 아무 말 없이 발걸음을 옮겼다. 나는 가족을 차례로 떠올렸다. 그들은 세상을 떠나기 전에 얼마나 큰 고통을 겪었을까? 내가 그토록 그리워했던 해 때문에 우리 가족이 세상을 떠나야만 했다니. 나의 가족, 사랑하는 나의 가족…….

"무슨 일이라도 있었어?"

소년이 나를 흘낏 쳐다보며 물었다.

"아무것도 아냐."

소년은 더 이상 묻지 않았다. 내가 말을 하고 싶어 하지 않는다는 걸 눈치챈 모양이었다.

"배고프니?"

한참이 지나서야 소년이 다시 물었다. 나는 고개를 끄덕였다. 우리는 사시나무의 은색 둥치 옆에 앉아 배낭에서 음식을 꺼냈다. 잘 익은 사과와 삶은 감자……. 음식을 아껴야 했기 때문에 배불리 먹을 수는 없었다. 솔직히 맛도 그다지 좋지 않았다. 무더운 날씨 때문에 조금 상한 것 같기도 했다.

그때 마리아앵초 한 송이가 내 배낭 위로 떨어져 내렸다. 나는 조심스레 꽃을 집어 들었다.

소년이 말했다.

"그건 마리아……, 어……, 어……."

"뭐라고?"

"아주 오래전에 누군가가 그 꽃을 보며 마리아…… 뭐라고 했던 게 기억이 나서."

"이건 마리아앵초야."

소년이 말했다.

"하나, 둘, 셋, 넷, 다섯. 꽃잎이 다섯 장이네."

"우리 엄마 이름도 마리아였어."

별안간 목이 메어 아무 말도 할 수 없었다. 다시는 엄마를 볼 수 없다고 생각하자 너무나 슬펐다. 해가 내게서 엄마도 앗아 가 버렸다.

강아지가 위로하려는 듯 내 무릎에 머리를 기댔다.

"마리아……, 참 예쁜 이름인걸."

소년은 잠시 생각에 잠겼다가 말을 이었다.

"가만히 생각해 보니까, 우리 주변에는 마리아앵초처럼 노란 꽃이 참 많은 것 같아."

"응, 맞아. 유채꽃, 민들레, 알라만다, 노랑제비꽃……, 수도 없이 많아. 난 자연을 떠올리면 녹색이 먼저 떠오르는데."

나는 고개를 끄덕였다. 어느새 가슴을 묵직하게 눌렀던 슬픔이 조금 가시는 것 같았다.

"노란색은 내가 제일 좋아하는 색이야."

"어, 내가 제일 좋아하는 색도 노란색인데!"

소년의 말이 끝나기가 무섭게 손에 들고 있던 꽃잎이 떨어져 내려 파릇파릇한 풀잎 사이로 사라졌다. 소년은 한숨을 쉬며 몸을 일으켰다.

"이제 슬슬 움직여야겠다."

숲속은 고요했다. 바람 소리도, 새가 지저귀는 소리도 들리지 않았다.

"숲 저쪽에는 뭐가 있을까?"

내가 물었다.

"그건 나도 몰라."

잠시 침묵이 흘렀다. 할 말도 그다지 많지 않았다. 그저 계속 걸어야만 했다. 앞으로, 앞으로, 포기하지 않고.

우리는 가끔 목이 마르거나 배가 고프면 걸음을 멈추었다. 냇물이 보일 때마다 물통을 채우는 것도 잊지 않았다. 하지만 앞으로 나아가면 갈수록 물이 흐르는 곳이 뜸해졌다. 때때로 지친 다리를 뻗기 위해 발을 멈추기도 했다. 그럴 때마다 햇살이 들지 않는 커다란 나무 그늘이나 어두컴컴한 곳을 찾곤 했다.

얼마나 걸었을까? 한 시간, 두 시간? 하루, 이틀? 시간은 하늘에 떠 있는 해처럼 집요하게 움직이지 않았다. 막막했다. 세상의 모든 것이 멈춰 버린 시간 속에서 영원히 제자리걸음을 하는 것 같았다. 시간이 흐른다는 걸 깨닫게 해 주는 유일한 것은 걸으면 걸을수록 피곤해지는 두 다리뿐이었다. 무거운 배낭 때문에 어깨도 쑤시기 시작했다.

날은 점점 더 무더워졌다. 이젠 나무 그늘에 앉아 있어도 무덥기 짝이 없었다. 뜨거운 햇살 때문에 숲속의 모든 것이 누렇게 변해 버렸다. 이끼에서도 초록의 자취를 찾아볼 수 없었다. 자작나무의 싹은 거뭇거뭇하게 변했고, 참나무 가지에는 마치 여름의 끝자락인 양 도토리가 매달려 있었다.

우리는 걷고 또 걸었다, 아주 오랫동안. 마침내 키가 작고 가느다란 나무들이 줄지어 서 있는 곳에 이르렀다. 숲의 반대편이었다. 경사진 언덕에 서서 아래쪽을 내려다보았다. 계곡 옆으로 널따란 강물이 흐르고 있었다. 햇살을 머금은 강물이 은빛으로 반짝였다. 계곡 맞은편에는 가파른 돌산이 있었고, 그 뒤에는 커다란 산이 자리하고 있었다.

해는 바로 그 산꼭대기에 걸려 있었다. 바로 우리가 가야 할 곳이었다. 소년은 눈을 가늘게 뜨고 언덕 밑의 강물을 뚫어지게 바라보았다.

"무슨 일이야?"

"아무것도 아냐."

하지만 소년은 그 자리에서 꼼짝도 하지 않았다.

"아니……, 나도 잘 모르겠어."

나는 소년의 시선을 따라가 보았다. 그러다 강가에서 사람의 흔적을 발견하고서 소년에게 소리쳤다.

"저길 봐! 누가 저기에 살았었나 봐."

강가에는 폐허가 된 집이 한 채 서 있었다. 소년은 천천히 고개를 끄덕이며 말했다.

"저기, 내려가 볼까?"

언덕 밑으로 내려가면 우리의 목적지와는 더 멀어질 터였다. 하지만 나는 소년에게 고개를 끄덕여 주었다. 소년에게 뭔가 의미가 있는 것처럼 보였기 때문이다.

언덕 밑으로 내려가는 동안, 소년은 아무 말도 하지 않았다. 울타리를 지날 때도 마찬가지였다. 울타리 안쪽은 언젠가 그곳에 살았던 사람이 가축을 키웠던 자리 같았다. 울타리에서 집채로 이어지는 길에는 수레바퀴 자국이나 있었다. 나무와 풀로 무성하게 뒤덮인 그 길에는 금방이라도 부스러질 듯 낡은 수레가 널브러져 있었다.

나는 소년을 흘낏 쳐다보았다. 여전히 아무 말 없이 앞만 보며 걸었다. 내가 거기 있다는 것도 잊어버린 듯했다. 강아지는 무언가를 찾아낸 듯 맨 앞

에서 신나게 달려갔다.

우리는 마침내 강기슭에 이르렀다. 물살이 제법 세차게 흘렀다. 조금 전에 집이라 생각했던 건물은 헛간이었는데, 그 또한 지금은 그저 폐허로 남아 있을 뿐이었다. 건물의 지붕과 벽에는 이끼가 잔뜩 끼어 있었다. 지붕의 기와는 금방이라도 떨어져 내릴 듯 헐겁게 붙어 있었고, 창문은 죄다 깨져 있었으며, 벽을 타고 자란 덩굴 식물은 깨진 창문과 판자벽 틈새를 타고 집 안까지 자라나 있었다.

강아지는 여기저기 냄새를 맡으며 부지런히 무언가를 찾는 것 같았다. 강가에는 잎이 다 떨어진 참나무 한 그루가 외롭게 서 있었다.

"여긴 헛간밖에 없나 봐. 나머지 건물은 어디로 사라졌을까? 게다가 이 나무는 너무 이상해. 이렇게 거뭇거뭇한 나무는 처음 봐."

소년은 아무런 대답도 없이 강기슭의 모래밭을 향해 성큼성큼 걸어갔다. 그러고는 우두커니 서서 강물을 하염없이 바라보았다. 소년의 뒤를 따라가던 나는 모래밭에서 무언가를 발견하고 걸음을 멈추었다. 강물에 실려 온 듯한 갖가지 물건들이 널려 있었다. 싯누렇게 녹슨 갈퀴, 꽃무늬가 그려진 깨진 접시, 손잡이가 떨어져 나간 머리빗.

누군가가 사용했던 물건이 틀림없었다. 과일을 깎아 저 접시에 예쁘게 담았을 것이며, 꽃무늬 장식이 벗겨질까 봐 조심스레 설거지를 했을 것이다. 누군가는 저 갈퀴로 벽난로 속의 재를 긁어 냈겠지. 누군가는 저 빗으로 매일매일 머리를 빗었을 테고. 아니, 다른 사람의 머리를 빗겨 주었을지도 모른다. 어린 딸의 머리카락을 빗겨 주던 어느 엄마의 빗일지도.

나는 머리빗을 내려놓은 후, 모래밭에 구덩이를 파서 깨진 접시를 반쯤

묻었다. 그러다 강물에 잠겨 있는 노란색 물건을 발견했다. 신발을 벗고 강물 속으로 첨벙첨벙 걸어 들어갔다. 강물이 얼음장처럼 차갑게 느껴졌다. 발에 배어 있던 피곤함이 싹 가셨다. 나는 손을 뻗어 강바닥의 돌멩이를 치운 후, 노랗게 반짝이는 물건을 건져 올렸다.

그것은 어린아이들이 가지고 노는 장난감 물통이었다. 물통에는 오리 그림이 그려져 있었는데, 손잡이가 아직도 튼튼하게 매달려 있었다. 나는 물통으로 차가운 강물을 떠서 벌컥벌컥 마셨다.

"그게 뭐니?"

소년이 내 곁으로 다가와 물었다. 나는 물통을 건네며 말했다.

"이걸 봐. 여기에 어린아이들이 살았던가 봐."

소년은 물통을 보더니 고개를 획 돌려 외면했다. 그러고는 발밑의 돌멩이를 툭 걷어찼다. 그 날카로운 소리에 정적이 깨졌다. 나는 얼른 소년의 곁으로 다가갔다. 젖어 있는 눈을 보는 순간, 모든 것을 깨달았다.

"여긴 너희 집이었구나. 네가 살았던 곳이지?"

소년은 혼란스러운 눈빛으로 나를 바라보았다.

"이제 다 기억할 수 있을 것 같아. 내가 누구인지, 그때 무슨 일이 일어났는지……."

소년이 손을 뻗어 노란색 물통을 받아 들었다. 마치 웃고 있는 듯한 오리 그림을 손가락으로 어루만지며 보일 듯 말 듯한 미소를 지었다.

"이 물통을 가지고 놀던 여자아이가 기억나. 아주 조그마한 아이였지."

"네 동생이었니?"

내 목소리가 소년의 기억을 깨뜨릴까 봐 아주 나직하고 조심스레 물었다.

소년은 고개를 끄덕이며 말했다.

"맞아, 내 여동생……. 내 여동생 중의 한 명이었어."

소년은 제자리에 멍하니 서 있었다. 두 눈은 마치 오랜 기억 속을 더듬는 것 같았다. 갑자기 소년이 강 쪽으로 몸을 돌렸다.

"저 밑에 있을 거야. 모든 것은 저 강물 밑에 있어, 우리 가족……. 전에는 기억조차 하지 않으려고 무진장 애를 썼는데……."

소년이 현기증이 나는지 몸을 비틀거리며 모래밭에 털썩 주저앉아 두 손으로 머리를 감싸 쥐었다. 강아지가 달려와 소년 옆에 바짝 붙어 앉았다.

"이제 기억이 나. 여기 와서 보니까. 너와 함께 서 있으니까……."

소년은 세차게 흐르는 강물처럼 말을 쏟아 냈다. 언젠가 그 자리에 서 있었던 집에 관해 이야기해 주었다. 강기슭에 서 있던 빨간 집과 빛이 잘 들어오는 환한 방과 커다란 부엌……. 그때 그들에겐 부족한 것이 없었다.

소년은 가족의 얼굴을 하나씩 선명하게 떠올렸다. 엄마와 아빠, 누나, 동생들……. 그들을 피해 자주 숨어 있곤 했다. 형제자매 가운데 남자라곤 자신뿐이었기 때문이다. 소년은 그들과 어울려 놀기보다는 강아지와 밖에서 노는 것을 더 좋아했다. 때때로 강아지를 침실에 데려와 함께 자고 싶어 했지만 부모님이 허락해 주지 않았다. 그래서 가끔씩 강아지와 헛간에서 잠을 잤다.

아주 어렸을 때 사라진 해에 관해서도 이야기해 주었다. 세상이 온통 초록색으로 물들어 울창하고 평온하던 그곳에 어느 날 갑자기 비와 어둠이 찾아들었다. 그들은 사라진 해를 몹시 그리워했다. 곡물은 죄다 썩어 들어갔고, 동물들은 하나둘 죽어 갔다.

강물은 해를 거듭할수록 점점 더 불어났다. 그들에게 마실 물을 넉넉하게 주었던 강, 뜨거운 여름날에도 항상 맑고 차가움을 유지했던 강, 단 한 번도 위협적으로 여겨지지 않았던 그 강이 모든 것을 집어삼킬 듯 거세게 불어났다. 강물은 점점 더 세차게 흘렀고, 급기야 소년의 집마저 삼키기 일보 직전에 이르렀다.

소년의 아빠는 매일같이 걱정스런 눈길로 강 상류를 바라보았다. 강물이 어느 날 갑자기 방향을 바꿀 수도 있다고 하면서 이사를 해야겠다고 말하곤 했다. 하지만 그들은 갈 곳이 없었다. 빨간 나무집은 그들의 유일한 보금자리였다.

소년이 여섯 살이 되던 해, 결국 아빠가 염려하던 일이 일어났다. 어느 날 밤, 집채만큼 불어난 강물이 계곡 위쪽에 자리한 바위와 모래 때문에 기다란 회색 뱀처럼 옆길로 방향을 틀었다. 그러고는 하류 쪽으로 폭포수처럼 걷잡을 수 없이 세차게 흘러내렸다.

여느 때와 다름없이 헛간에서 자고 있던 소년은 세찬 물소리에 잠을 깼다. 소년의 곁에 있던 강아지가 소리 높여 울부짖고 있었다. 깜짝 놀란 나머지, 헛간 밖으로 허겁지겁 뛰쳐나갔다. 그들의 빨간 나무집은 이미 사라진 지 오래였다. 소년의 눈앞에는 세차게 흐르는 강물뿐이었다.

소년은 무릎까지 차오른 강물 속에서 엄마와 아빠, 누나, 동생들의 이름을 애타게 불렀다. 하지만 그들은 이미 온데간데없이 사라진 뒤였다. 강물은 그들이 자는 사이에 집을 덮쳤고, 한순간에 모든 것을 쓸어가 버렸다.

소년은 집이 있던 곳까지 헤엄쳐서 가 보려 했지만, 강아지가 바짓가랑이를 물고 놓지 않는 바람에 꼼짝할 수가 없었다. 하는 수 없이 강기슭으로 엉

금엉금 기어가 강아지를 껴안고 목놓아 울었다. 강아지는 바닥에 엎드려 울음을 쏟아 내는 소년의 곁을 묵묵히 지켰다.

얼마나 오래 그곳에 엎드려 있었을까? 눈물이 다 말라 갈 무렵, 강아지가 소년의 뺨을 핥았다. 그곳에 계속 엎드려 있을 수만은 없었기에 몸을 일으켜 정처없이 걷기 시작했다. 무작정 걷던 소년은 마침내 커다란 나무가 빽빽한 숲에 이르렀다. 피곤에 지치고 지쳐, 커다란 전나무 밑에 털썩 주저앉았다. 강아지도 그 곁에 웅크리고 앉았다. 어느새 둘은 잠에 빠졌다.

소년은 누군가의 손길을 느끼며 잠에서 깼다. 눈을 뜨는 순간, 온통 까만 재로 뒤덮인 거뭇거뭇한 얼굴이 보였다. 겁에 질린 나머지, 꿈을 꾸고 있는 거라고 생각했다. 하지만 눈앞에 서 있던 여인은 두려워하지 말라고 친절하게 말하며, 소년과 강아지를 산골짜기로 데려갔다. 소년은 그곳에서 언 몸을 녹였다. 그녀는 소년에게 먹을 것을 주었고, 해먹에서 잠을 잘 수 있도록 했으며, 원한다면 언제까지나 머물러도 좋다고 말했다.

얼마간 시간이 흐른 후, 여인은 소년에게 정원을 손질하는 법을 가르쳤다. 그곳에서 자라는 과일과 채소를 관리하는 임무도 맡겼다. 그녀는 마음이 내킬 때만 그곳을 찾았다. 소년은 그녀를 귀찮게 하지 않으려 매우 신경을 썼다. 그것이 바로 그녀가 원하는 것이라는 걸 깨달았기 때문이다.

"나는 그렇게 해서 해를 지키는 여인의 골짜기에서 살게 되었어."

소년은 말없이 강을 바라보다가 갑자기 나를 향해 몸을 돌렸다.

"그리고 어느 날, 네가 골짜기로 찾아왔지. 너를 만난 그날부터 모든 것이 달라졌어."

나는 고개를 끄덕이며 소년에게 조심스레 물어보았다.

"이제…… 네 이름이 뭔지 기억할 수 있겠니?"

"뭐?"

"너에게도 틀림없이 이름이 있었을 거야. 그렇지 않니?"

소년은 한참 동안 곰곰이 생각하더니 고개를 절레절레 저었다.

"아냐……, 전혀……. 내 이름은 기억나지 않아."

그러다 별안간 자리에서 벌떡 일어나더니 증오가 가득 찬 눈빛으로 강을 째려보았다.

"참 흉악한 강이야. 너도 그렇게 생각하지 않니?"

나도 몸을 일으키며 맞장구를 쳤다.

"맞아, 나도 그렇게 생각해. 네 말처럼 저 강은 아주 흉악한 뱀 같아."

"강을 혼내 주자! 우리, 함께 강을 혼내 주는 거 어때?"

소년은 옷을 훌훌 벗어 던지고 강물로 뛰어들었다. 강물과 싸움이라도 하듯 소리를 지르며 두 팔과 두 다리를 첨벙거렸다.

"흉악하고 사악한 강! 이제 본때를 보여 줄게. 너는 내 앞에서 꼼짝도 할 수 없어. 어때?"

나도 옷을 벗어 던지고 소년의 뒤를 따라 물속으로 뛰어 들어가 강물과 싸우기 시작했다. 우리는 이구동성으로 외쳤다.

"아주아주 나쁜 강!"

"흉악하고 사악한 강!"

나는 강물과 싸웠을 뿐 아니라, 내 가족을 앗아 간 해와도 싸웠다. 나는 강물을 때리고 또 때렸다. 주먹을 불끈 쥐고 강물을 향해 돌진했다. 어느덧 나의 울분과 분노는 흐르는 물처럼 내게서 벗어나 강물 속으로 스며들었다.

몸에서 스르르 힘이 빠지기 시작했다.

이제 강물과 싸우는 대신 소년을 향해 물을 뿌렸다.

"뭐 하는 짓이야!"

소년도 내게 세차게 물을 뿌렸다. 이내 입가에 미소가 피어났다. 곧 우리는 누가 먼저랄 것도 없이 소리내어 웃기 시작했다. 강물 속에서 첨벙거리며 뛰기도 했고, 서로를 밀치기도 했으며, 물속으로 잠수해서 서로를 끌어내리기도 했다.

얼마 지나지 않아, 우리는 지쳐 버렸다. 강에서 나온 뒤 모래밭에 앉아 젖은 몸을 말렸다. 소년이 내 손을 꼭 잡았다. 손이 무척 따스하고 부드러웠다. 문득 행복하다는 생각이 머리를 스쳤다. 포옹을 해 볼까? 하지만 나는 포옹을 어떻게 해야 하는지 몰랐다. 한 번도 해 본 적이 없기 때문이었다. 결국 소년과 포옹하는 것을 포기하고 말았다.

소리 없는 비명

10

우리는 다시 해를 향해 걷기 시작했다. 산꼭대기로 향하는 경삿길에 접어들자 햇빛 때문에 눈이 따가웠다. 자갈돌로 뒤덮인 길을 걷는 건 쉽지가 않았다. 발을 어디로 옮겨야 할지 매번 신경을 곤두세워야 했다. 어쩌다 발을 헛디디면 돌멩이 사이에 발이 빠져 발목을 접지를 수도 있었고, 또르르 구르는 돌멩이 하나 때문에 산사태가 날 수도 있었다.

시간이 지날수록 해는 점점 더 커지는 것 같았다. 우리는 물을 아끼려고 무진장 애를 썼지만, 경삿길을 오르다 보니 너무나 목이 말라 계획했던 것보다 더 많이 마셔 버렸다. 차가운 강물이 그리워지기 시작했다.

위험하기 짝이 없는 자갈길을 벗어났지만, 그다지 큰 도움이 되지는 않았다. 산꼭대기에 이르렀다고 생각할 때마다 눈앞에 또 다른 오르막길이 나타났다.

얼마나 걸었을까? 오르막으로 이어지던 길이 어느새 평평해지기 시작했다. 드디어 산봉우리에 도착한 모양이었다. 우리 등 뒤의 계곡은 연푸른 녹색이었지만, 눈앞에 보이는 나무와 풀은 누렇게 말라 있었다.

우리는 땅에 굳건히 뿌리를 내리고 있는 몇 안 되는 자작나무의 가느다란 나무둥치에 등을 기댔다. 물통에 들어 있던 미적지근한 물을 한 모금 입에 넣고 오랫동안 머금었다. 텁텁한 맛이었다. 소년이 주변을 둘러보았다.

"여긴 키 큰 나무가 별로 없네. 그늘도 많지 않아. 곧 물이 바닥날 거야."

나는 물을 한 모금 더 마셨다. 여전히 미적지근하고 텁텁했다. 그럼에도 내가 마셨던 물 중에서 가장 맛이 좋았다. 물통을 한꺼번에 비우고 싶은 충동이 덜컥 일었다. 소년은 자신의 물통을 바라보았다. 보아하니 나와 같은 생각을 하는 것 같았다. 하지만 단호하게 물통의 뚜껑을 닫았다. 나도 소년을 따라 뚜껑을 닫았다.

"배고프니?"

"아니, 목이 말라."

"나도 그래."

나무 그늘 속에 앉아 있고 싶은 마음뿐이었다. 한 발짝도 더 걷고 싶지 않았다. 양어깨에서 자작나무 가지를 느끼는 순간, 마음이 한결 편안해졌다. 마치 내가 뜨거운 햇살 속

으로 증발하지 않도록 굳건하게 잡아 주고 있는 것 같았다. 해는 붉으락푸르락 성을 내듯 점점 더 커졌다. 해를 지키는 여인도 결국에는 저 해를 놓아줘야 하지 않을까? 그녀가 영원히 해를 잡아 놓을 수는 없을 터였다.

해를 지키는 여인은 엄청 힘이 셀 것 같았다. 그리고 해처럼 분노에 휩싸여 있을 듯했다. 나는 해를 지키는 여인의 가슴이 혼란으로

가득 차 있을 것이라고 짐작했다. 그리고 소년이 말했던 것처럼 가슴속에는 슬픔이 가득할 것이다. 바닥을 볼 수 없을 정도로 깊은 슬픔이……. 그런데 그녀는 왜 그토록 슬퍼하는 거지? 왜 자신의 목숨을 걸고 태양을 가두어 두려는 것일까? 어쨌거나 그녀를 찾아야 했다. 더 늦기 전에 그녀를 찾아 무엇이든 이야기를 듣고 싶었다.

나는 자리에서 일어나 물통을 배낭에 넣었다.

"이제 가 볼까?"

우리는 사막처럼 메마른 산길을 걷기 시작했다. 걸음을 옮길 때마다 죽은 덤불과 갈색으로 메마른 풀들이 발밑에서 부스러졌다. 때때로 커다란 바위를 피해 길을 돌아가기도 했다. 하지만 조금도 발길을 멈추지는 않았다. 쉴 새 없이 걸으며 음식을 먹기도 하고, 물 몇 방울로 목을 축이기도 했다.

시간이 없다는 생각에 마음이 조급해졌다. 하지만 두 발은 마음처럼 빨리 움직여지지 않았다. 이미 무더위와 피곤에 지쳐 버린 까닭이었다. 점점 두 다리가 무거워졌다. 발걸음을 옮기기가 쉽지 않았다. 우리가 더 걸을 수 없다면 어떻게 될까? 앉아서 쉴 만한 곳도 마땅히 없었다. 너무나 더웠다.

그때 갑자기 소년이 무엇을 발견한 듯 큰 소리로 외쳤다.

"릴리아! 저길 봐! 물이야! 물!"

나는 소년이 가리키는 곳을 바라보았다. 발걸음이 저절로 빨라졌다. 우리는 메마른 풀밭을 가로질러 작고 얕은 호수에 도착했다. 소년과 나는 땅에 무릎을 대고 앉아 두 손으로 물을 떠 올렸다. 순간, 불길한 생각이 머리를 스쳤다. 나는 몸을 벌떡 일으켰다.

"잠깐만!"

"왜?"

소년이 의아한 표정을 지으며 나를 쳐다보았다. 나는 호숫물을 뚫어지게 바라보았다.

"만약 이 물이 오염된 거라면 어떡하지? 병에 걸릴 수도 있어."

소년은 생각에 잠겼다.

"그렇다고 이 기회를 포기할 수는 없어. 지금 이 물로 목을 축이지 못한다면 어차피 우린 되돌아가야 해."

또는, 목이 말라 여기서 죽을지도. 하지만 나는 차마 그 말을 입 밖에 내지 못했다. 강아지가 벌컥벌컥 물을 마시기 시작했다. 나는 강아지를 믿어 보기로 했다. 만약 물이 이상하다면 강아지도 알아차릴 테니까. 강아지는 목을 다 축이자 물속으로 풀쩍 뛰어들어 건너편으로 헤엄쳐 갔다. 호수 건너편에 도착한 강아지는 젖은 몸을 부르르 떨며 물을 털어 냈다.

허공에 흩뿌려지는 물방울을 보며 우리는 웃음을 터뜨렸다. 거대한 산속의 정적 속에서 들려오는 우리의 웃음소리는 힘없고 가늘기 그지없었다. 나는 허리를 굽혀 물통을 채운 후 원없이 물을 마셨다. 소년도 마찬가지였다.

우리는 호수에 발을 담근 채 가져온 음식을 먹었다. 소년이 몸을 일으키더니 손을 이마에 대고 그늘을 만든 채 해를 바라보았다.

"그새 해가 더 커진 것 같아."

내가 보기에도 그랬다. 머리 위에 있는 해가 점점 더 커지고 있는 게 확실했다. 소년이 말했다.

"앞으로 어떻게 될까? 저기로 가면……."

"글쎄……, 나도 잘 모르겠어. 해에 가까워지면 가까워질수록 더 더워지겠지. 주변은 더 메말라 있을 거야.”

소년이 고개를 끄덕이며 물통에 물을 채웠다.

“어쩌면 이 물은 우리가 마실 수 있는 마지막 물이 될지도 몰라.”

소년이 강아지를 향해 나직이 말했다.

“너는 어떻게 해야 할까……?”

나는 소년의 말뜻을 알아차렸다. 우리에겐 강아지까지 목을 축일 만큼의 물이 없었다. 그래도…… 나는 주저하며 말했다.

“하지만 강아지를 버려 두고 갈 수는 없어.”

“아냐, 그 수밖에 없어.”

소년은 땅에 무릎을 대고 앉아 강아지의 목을 꼭 끌어안았다.

“강아지야, 넌 여기서 우리를 기다리고 있어. 이 호숫가에서 우리가 돌아올 때까지 기다려야 해. 알았지?”

강아지는 커다랗고 둥그런 눈으로 소년을 바라보며 나직이 낑낑거렸다. 소년이 몸을 일으키며 말을 이었다.

“곧 돌아올게. 여기서 기다려. 앉아, 강아지야! 알겠지? 앉아! 좋아, 착한 우리 강아지. 그래그래, 착한 우리 강아지…….”

강아지는 여전히 낑낑거렸지만 소년이 시키는 대로 했다. 우리가 자갈로 뒤덮인 메마르고 무더운 산길을 걷는 동안, 호숫가에 얌전히 앉아 우리의 등 뒤를 가만히 지켜보았다. 우리가 몸을 돌릴 때마다 쳐다보면서 꼬리를 흔들었다. 마치 우리가 금방이라도 발길을 돌려 되돌아오기를 바라는 것처럼. 하지만 우리에게 달려오진 않았다.

얼마 가지 않아 등 뒤의 강아지는 하나의 점으로 변했다. 나는 강아지가 보이지 않는 곳에 이르러서도 선하디 선한 눈으로 꼬리를 흔드는 강아지의 모습을 머릿속에서 지우지 못했다. 강아지는 그곳에서 우리가 돌아오기만을 하염없이 기다리고 있을 것이다.

소년이 입을 크게 벌리고 하품을 길게 했다. 가늘게 뜬 두 눈은 빨갛게 충혈되어 있었다. 온몸을 비틀거리며 힘겹게 발을 옮겼다. 눈이 따끔따끔했다. 마치 눈에 모래가 잔뜩 낀 것 같았다. 눈꺼풀이 천근만근 무거워 자꾸만 감겼다. 한 걸음씩 내디딜 때마다 두 다리는 점점 더 무거워졌다. 소년이 더 견디지 못하겠다는 듯 하품을 하며 나를 돌아보았다.

"우린…… 잠을…… 자야 해."

또다시 하품을 하는 소년의 입이 얼굴을 다 덮어 버릴 것처럼 큼지막했다.

"하지만 여기서 잠을 잘 수는 없어. 그늘을 찾아야 해."

"저기!"

소년이 저 멀리 빙퇴석(빙하에 의해 운반되어 하류에 쌓인 돌무더기)이 만들어 낸 작은 그늘을 가리켰다.

"두 사람이 쉬기엔 너무 비좁아."

우리는 다시 발걸음을 옮겼다.

"저긴 어때?"

소년이 낭떠러지 밑에 있는 커다란 돌 더미를 가리켰다.

"위험할 것 같아. 돌 더미가 무너지면 어떡해?"

소년은 마뜩지 않은 얼굴로 천천히 고개를 끄덕였다.

우리는 말없이 한참을 더 걸었다. 나는 걸음을 옮길 때마다 다른 생각을 해 보려 무진 애를 썼다. 그러면서도 두 눈은 그늘을 찾아 쉴 새 없이 주위를 두리번거렸다. 거리를 가늠해 보려고 발자국 수도 세어 보았다. 열 발자국, 스무 발자국, 서른 발자국. 서른을 넘긴 후엔 어디까지 세었는지 기억이 나지 않아 처음부터 또 세었다.

"저기, 저건 뭘까?"

그때 갑자기 소년이 소리쳤다. 저 앞에 커다란 그림자 네 개가 보였다. 순간, 발걸음이 가벼워졌다. 나는 발자국 수를 세는 것도 잊어버린 채 서둘러 걷기 시작했다.

그것은 네 개의 거대한 비석이었다. 언뜻 거대한 이빨처럼 보이기도 했다. 마치 입을 쩍 벌리고 누워 자던 트롤의 몸이 사라지고 이빨만 남은 것 같았다. 매우 오래된 것이 틀림없었다. 천 년, 아니 그 이상 되었을지도 몰랐다. 돌비석은 오랜 세월 비바람을 견딘 듯 표면에 이끼가 잔뜩 끼어 있었다.

"이 비석이 어떻게 여기까지 오게 되었을까?"

나는 돌비석을 조심스레 만져 보며 혼잣말처럼 중얼거렸다.

"난 여기에 이 비석이 있다는 사실만으로도 기뻐."

소년이 말했다. 그러고는 돌비석 아래 풀썩 주저앉아 물을 한 모금 마셨다. 잠시 후 배낭을 베개 삼아 눕자마자 잠에 빠져들었다. 나도 소년의 말에 동의하지 않을 수 없었다. 누가 이런 비석을 깎아 여기까지 옮겨 왔는지 생각하는 것마저 귀찮았다. 단지 돌비석이 만들어 내는 서늘한 그늘에 누워 잠을 잘 수 있다는 사실만으로 무척이나 기뻤다. 바닥에 누워 눈을 감았다. 온 세상이 칠흑처럼 캄캄해졌다.

할아버지는 깊은 잠에 빠져 있었다. 햇살이 너무나 뜨겁고 강렬했다. 이글거리는 햇빛에 정원의 풀들은 죄다 재로 변했다. 옆으로 번진 불길이 마치 세찬 강물처럼 마당에 자라고 있던 꽃과 채소마저 집어삼켰다.

불길은 메마른 풀밭을 지나 점점 집 쪽으로 다가갔다. 어느새 불길이 벽에 닿았다. 판자벽이 이글거리는가 싶더니, 불길이 위쪽으로 치솟기 시작했다. 하지만 할아버지는 아무것도 모른 채 여전히 잠에 빠져 있었다.

불은 점점 더 크게 번졌다.

창틀을 따라,

지붕을 향해,

거실 안쪽으로.

할아버지, 할아버지!

나는 깜짝 놀라 소리치며 벌떡 일어났다. 꿈이었다. 입이 바짝 말라 있었다. 얼른 물 한 모금을 마셨다. 미지근한 물이었지만 갈증을 줄이는 데는 도움이 되었다. 가까스로 놀란 가슴을 진정시켰다. 자리에서 일어나 소년에게 다가갔다. 곤히 자고 있어서 깨우고 싶지 않았지만 어쩔 수가 없었다.

시간이 없었다. 뜨거운 열기가 땅의 수분을 모두 빨아들이고 있었다. 바짝 메마른 세상은 얼마 가지 않아 불길 속으로 사라질 것이다. 해를 지키는 여인이 얼른 해를 놓아주도록 어떻게든 손을 써야 했다. 더 늦기 전에!

나는 소년의 머리를 살며시 쓰다듬었다. 소년은 눈을 끔벅이며 일어나 앉아 혼란스러운 듯 주위를 두리번거렸다. 그러다 한숨을 푹 내쉬었다.

"아……, 난 이 모든 게 꿈인 줄 알았어."

"차라리 꿈이었으면 좋겠어. 어서 일어나. 서둘러야 해."

소년이 몸을 일으켰다. 나는 배낭을 어깨에 메고 걸음을 옮겼다.

"계속 거기 서 있을 거야?"

소년은 여전히 돌비석의 그늘 속에 서 있었다.

"여기, 무언가가 있어. 마치 그림 같아."

나는 소년 곁으로 다가갔다. 소년은 주머니칼을 꺼내 돌비석을 뒤덮은 이끼를 긁어 냈다. 소년의 말이 맞았다. 돌비석에는 그림이 그려져 있었다. 꽤 오래된 것 같았다. 단단한 돌 위에 그려진 갈색 그림. 마치 어린아이가 그린 것처럼 단순하기 짝이 없었지만, 그것이 무엇을 의미하는지 이해하기는 어럽지 않았다.

"여길 봐. 이건 마을이고, 이건 사람이랑 집들이야."

"여기, 밭도 있어. 밀과 보리를 심어 놓은 것 같아."

돌비석에는 밀과 보리를 닮은 선이 죽죽 그어져 있었다.

"사람들이 춤을 추는 것 같아."

소년이 서로 손을 잡고 있는 듯한 사람의 형상을 가리켰다.

"몹시 기뻐하는 것 같아."

이번에는 내가 말했다. 우리는 그 옆의 돌비석으로 눈길을 돌렸다. 소년은 다시 주머니칼로 이끼를 긁어 냈다. 거기에는 조금 다른 그림이 그려져 있었다. 밀과 보리가 아무렇게나 널브러져 있었다. 한가운데 그려진 빨갛고 커다란 태양은 사방팔방으로 햇살을 쏟아 내었다. 가장 아래쪽에는 사람 한 명이 외롭게 서 있었다.

"가뭄이 들었나 봐, 우리 마을처럼……."

내 말에 소년이 고개를 끄덕였다.

"살아남은 사람은 한 명뿐인가 봐. 모든 것을 잃은 것 같아."

소년이 사람 그림을 가리키며 덧붙였다.

우리는 세 번째 돌비석으로 다가갔다. 그곳에는 사람 한 명이 허공에 둥둥 떠 있었다. 마치 꿈을 꾸듯 두 눈을 감고 있었지만, 입은 비명을 지르는 것마냥 활짝 벌어져 있었다. 악몽을 꾸었거나 엄청난 고통에 시달리는 듯했다. 머리 위에는 비를 머금은 구름과 빨간 해, 하얀 눈송이 등 말로만 들은 사계절의 날씨가 그려져 있었다. 그리고 구불구불한 햇살이 그 사람을 둘둘 휘감고 있었다. 그 그림을 보고 있노라니 등골이 오싹해졌다.

내가 물었다.

"저 사람은 자고 있는 걸까?"

"글쎄……, 자연이 저 사람을 집어삼킨 것 같아."

소년이 대답했다. 무더운 날씨인데도 온몸에 소름이 쫙 끼쳤다.

우리는 마지막 돌비석으로 향했다. 앞선 그림과 달리 어둡고 칙칙한 색깔의 그림이 눈에 들어왔다. 색을 지니고 있는 것이라곤 오로지 빨간 해뿐이었

다. 그림의 가장자리는 불에 탄 듯한 검은색 곡물이 장식되어 있었고, 한가운데에는 높다란 산꼭대기 위에 홀로 서 있는 사람이 회색으로 그려져 있었다. 해를 향해 동아줄을 던지는 사람…….

"이건 바로 그 동아줄이야. 해를 지키는 여인이 들고 있던……."

"그런데 이 사람은 왜 색을 잃어버렸을까? 이 돌비석엔 왜 사람을 회색으

로 그려 놓았지?"

소년이 물었다.

"해를 가둘 수 있는 동아줄을 손에 넣으면 저렇게 변하는 게 아닐까? 자기가 가지고 있던 색을 모두 내주어야 하는지도 모르잖아."

그림을 보면 볼수록 그 의미가 더욱더 선명하게 다가왔다.

"어쩌면 색은 영혼을 의미할지도 몰라."

소년이 심각한 얼굴로 말했다. 나는 고개를 끄덕였다.

"그럴 거 같아, 우리의 심장."

우리는 비석이 만든 그늘에 앉아 삶은 무 한 개로 배를 채웠다. 손바닥만큼 작은 무는 차갑게 식어 있었다. 너무나 배가 고파 꼬르륵 소리가 날 정도였는데도 음식을 씹어 넘기기가 쉽지 않았다.

나는 앞으로 우리가 무슨 일을 해야 할지, 앞으로 누구를 만나게 될지 생각하지 않으려 애썼다. 하지만 해를 지키는 여인의 얼굴은 끝끝내 머릿속에서 떠나지 않았다. 영혼을 꿰뚫는 듯한 날카로운 눈빛, 까만 재로 뒤덮인 피부. 그녀의 얼굴이 그림 속에서 소리 없는 비명을 지르는 사람과 겹쳤다. 해를 지키는 여인도 모든 색과 즐거움, 그리고 영혼을 잃어버리는 순간, 그처럼 처절하게 비명을 질렀으리라.

문득 그녀가 모든 걸 완전히 잃어버리진 않았으리라는 생각이 뒤를 이었다. 왜냐하면 그녀는 소년의 목숨을 구해 주고 보살펴 주었으니까. 게다가 마을 사람들을 위해 음식을 마련해 주기까지 했잖은가. 어쩌면 그녀에겐 아직 선한 마음이 조금 남아 있을지도 몰랐다.

나는 다시 걷기 위해 몸을 일으켰다. 한동안 말없이 발걸음을 옮겼다. 앞으로 일어날 일을 위해 힘을 비축해야만 했다. 사실은 대화를 나누는 일조차도 힘겹게 느껴졌다. 때때로 걸음을 멈추고 목을 축였다. 물을 아끼려고 노력했지만, 생각보다 훨씬 빨리 줄어들었다. 이제 곧 물통이 비어 버릴 터였다. 해는 우리 머리 위에서 불타듯 이글거렸고, 녹색을 머금은 풀은 하나도 찾아볼 수 없었다. 메마른 흙은 먼지처럼 피어올랐다. 하늘에는 구름 한 점 보이지 않았다.

마침내 산꼭대기에 이르자 평지가 펼쳐졌다. 그림에서 보던 산과 다름이 없었다. 나는 그림 속의 산과 우리가 오른 산이 같은 산이라고 확신했다. 비바람을 견뎌 낸 자작나무들은 여전히 흙 속에 뿌리를 내리고 있었다. 하지만 누렇게 변한 나뭇잎은 우리가 지나칠 때마다 우수수 땅으로 떨어져 내렸다. 벌써 가을이 오기라도 한 것처럼.

한 발자국 앞으로 내디딜 때마다 점점 더 더워졌다. 눈앞에 서 있는 나무에서 잎이라곤 하나도 볼 수 없었다. 그저 거뭇거뭇한 가지들이 도움을 청

하기라도 하듯 하늘을 향해 절망적으로 뻗어 있을 뿐이었다.

온몸에서 땀이 비 오듯 흘렀다. 빨갛게 익은 소년의 이마에 땀방울이 송글송글 맺혀 있었다. 나는 소년의 손을 힘없이 잡았다. 땀이 흘러 미끌거렸지만, 우리는 맞잡은 손을 놓지 않고 힘겹게 발걸음을 옮겼다.

오른발을 들어 앞에 내려놓고 넘어지지 않도록 몸의 균형을 잡았다. 그 다음에는 왼발을 들어 앞에 내려놓았다. 이제는 발과, 종아리, 무릎으로 파고드는 피곤함과 고통조차 느껴지지 않았다. 어깨를 조여 오는 배낭 끈도 전혀 느껴지지 않았다. 이마와 등을 흘러내리는 땀, 다리에 축축하게 감겨오는 치마, 사막의 모래처럼 메마른 입술도 느껴지지 않았다.

오른발,

왼발.

그저 걷고 있을 뿐이었다.

걷고, 또 걸었다.

눈앞에 검은 점이 춤을 추듯 움직였다. 어지러웠다. 햇살이 너무나 강렬했다. 하지만 소년은 내 손을 잡고 꿋꿋이 이끌었다.

이윽고 동아줄이 보였다. 불타는 동아줄이 산꼭대기 위의 하늘에 팽팽하게 걸려 있었다. 우리는 발걸음을 더 빨리했다. 오르막길이 너무나 가팔라서 두 손과 두 발로 엉금엉금 기어 올라야만 했다.

앞으로 나아갈 때마다 몸이 점점 더 무거워졌고, 숨이 더 가빠졌다. 또 다른 산꼭대기에 이르렀다. 커다란 고원이 눈앞에 펼쳐졌다. 마치 오래전에 꺼져 버린 화산의 분화구 같기도 했다. 그녀는 바로 거기에 있었다.

마지막 용기 II

해를 지키는 여인은 우리에게 등을 보인 채 고원 한가운데 앉아 있었다. 그곳에 살아 있는 것이라곤 아무것도 없었다. 나무둥치는 석탄 조각처럼 변해 있었고, 나뭇잎은 재가 된 후였다.

그녀는 한 손으로 동아줄을 잡은 채 얼굴을 무릎에 대고 웅크려 앉아 있었다. 그녀 주위의 흙은 온통 까맣게 타 있었다. 언뜻 그녀의 몸이 이글이글 타는 것 같기도 했다. 그녀는 우리가 온 줄도 모른 채 몸을 양옆으로 흔들거리고 있었다. 무척 오랫동안 그 자리에 그렇게 앉아 있었던 듯이 보였다.

해는 그녀의 머리 위에 있었고, 동아줄은 너무나 팽팽했다. 때때로 해가 달아나려는 듯 움직이기도 했지만, 해를 지키는 여인은 그러면 그럴수록 동아줄을 잡은 손에 힘을 꽉 주었다.

"안 돼."

우리는 그녀가 혼잣말로 중얼거리는 것을 들었다.

"안 돼."

우리는 발을 멈추었다. 고원 가장자리에는 해의 열기를 견뎌 낸 전나무 한 그루가 외로이 서 있었다. 우리는 전나무가 만들어 내는 그늘로 살금살금 걸어갔다. 그늘에 몸을 숨기자마자 소년이 물었다.

"이제 어떡하지? 그녀가 해를 놓아줄 것 같지 않은데?"

"그래도 시도는 해 봐야지."

"어떻게?"

"그녀와 대화를 해 보는 건 어떨까?"

"그다지 도움이 안 될 거야."

"적어도 시도는 해 보자고!"

나는 그늘에서 한 발짝 벗어났다. 소년이 따라오는지 확인하기 위해 뒤를 돌아보았다. 소년은 마지못해 고개를 끄덕인 후 천천히 내 뒤를 따랐다. 우리는 살금살금 해를 지키는 여인에게 다가갔다. 그녀의 눈에 띄지 않으려 조심스레 발걸음을 옮겼다. 온몸이 바르르 떨리면서 심장이 콩콩 뛰었다. 하지만 나는 용기를 내어 앞으로 나아갔다.

분화구를 닮은 거뭇거뭇한 흙무더기에 이르자, 그녀가 우리를 발견하고 고개를 들었다. 재로 뒤덮인 그녀의 얼굴에서 눈자위만 하얗게 빛났다. 반면에, 그녀의 칠흑처럼 까만 눈동자는 깊이를 알 수 없는 심연을 연상시켰다. 그동안 내가 보았던 그 어떤 사람과도 비교할 수 없었다. 마치 불같이 화를 내거나 겁에 질려 어쩔 줄 모르는 짐승 같기도 했다.

나는 소년을 흘낏 돌아보았다. 무슨 말인가를 하려는 듯 입을 벌렸다가 얼른 다물었다. 그러다 내게 마음먹었던 일을 시작하라는 듯 고개를 살짝 끄덕여 주었다. 나는 한 발짝 앞으로 나아갔다. 엄청난 열기가 온몸을 감쌌다.

나는 들릴 듯 말 듯 나직한 목소리로 애원하듯 말했다.

"해를 놓아주세요. 해를 놓아줘야 해요."

해를 지키는 여인이 몸을 일으켰다. 그녀의 몸은 한참 동안 움직이지 않아서 그런지 뻣뻣하기 그지없었다. 고개를 세차게 저으며 우리 쪽으로 한 발짝 다가왔다. 그러고는 쉰 목소리로 말했다.

"얼른 가! 너희는 여기 오면 안 돼!"

소년은 절망적인 눈빛으로 그녀를 바라보다가 어렵사리 입을 열었다.

"해를 놓아주지 않으면 우리 모두 살아남지 못할 거예요."

그녀의 목소리가 높아졌다.

"얼른 여기서 나가. 해를 어둠 속에 가두어야 해. 내게 다시 복종하도록 만들고 말 테야. 너희는 이 모든 일이 끝날 때까지 피해 있기만 하면 돼."

이번에는 내가 그녀에게 말을 걸었다.

"제발 부탁이에요. 당신이 해를 놓아주기 전에는 이 모든 일이 끝나지 않을 거예요."

"나는 해를 놓아주지 않을 거야, 영원히! 절대로!"

해를 지키는 여인이 단호한 목소리로 말했다.

"당신은 해를 이길 수 없어요."

소년이 목소리를 높였다. 별안간 해를 지키는 여인이 고개를 치켜들고 우리를 쏘아보았다. 두 눈이 분노로 이글거렸다.

"해를 놓아주지 않을 거라고 했잖아! 내 말을 못 알아먹는 거야?"

그 순간, 해의 불꽃이 그녀의 머리 위에 떨어져 심장까지 태워 버릴 것처

럼 무서운 기세로 타올랐다. 소년이 소리쳤다.

"얼른 도망쳐!"

나는 뒤도 돌아보지 않고 힘껏 달렸다. 쿵쿵 뛰는 심장이 목구멍까지 올라올 것 같았다. 그런데 소년이 보이지 않았다. 뒤를 돌아보니 마치 몸이 마비되기라도 한 듯 느릿느릿 걸어오고 있었다.

"서둘러!"

나는 소년에게 소리쳤다. 점점 더 날카롭고 강렬해진 햇살이 몸속으로 파고들었다. 얼마나 달렸을까. 가까스로 전나무 그늘에 이르자 나무 향이 코를 간질였다. 바짝 메마른 탓에 향마저도 희미하기 그지없었지만.

소년은 아직도 저 멀리서 느릿느릿 걸어오고 있었다. 온몸을 비틀거리며 간신히 발을 앞으로 내밀었다. 전신의 힘이 다 빠져나간 것마냥. 뜨거운 햇살이 생명을 빼앗아 버린 주변의 풍경과 다를 게 없었다.

"서둘러! 힘을 내!"

나는 소년에게 큰 소리로 외쳤다. 내 목소리는 어느새 울음으로 변했다. 이제 몇 걸음만 더 내디디면 소년이 그늘 안으로 들어올 수 있었다. 나는 손을 앞으로 쭉 뻗으며 소년을 향해 뛰어갔다. 갑자기 훅 덮치는 강렬한 햇살에 숨이 막힐 것 같았지만 가까스로 소년을 부축해 그늘 속으로 이끌었다.

우리는 동시에 바닥에 털썩 주저앉으며 서로에게 몸을 기댔다. 햇살은 주변의 모든 생명을 집어삼켰다. 해를 지키는 여인이 앉아 있는 거뭇거뭇한 분화구는 점점 더 크게 사방으로 뻗어 나갔다.

"곧 모든 것이 불타 버릴 거야."

소년이 울먹이며 중얼거렸다. 나는 아무 말도 할 수 없었다. 너무너무 목이 말랐다. 내 몸속에 물기가 한 방울도 남아 있지 않은 듯했다. 마치 발밑의 바짝 마른 흙과 내가 하나가 되어 버린 것 같았다. 우리는 이제 그곳을 한 발짝도 빠져나갈 수 없었다. 목숨을 위협하는 강렬한 햇살을 벗어나는 것은 영영 불가능해 보였다.

소년은 힘없이 땅에 드러누웠다. 뺨에서 눈물이 주르르 흘러내렸다.

"울지 마. 눈물도 물이야. 지금은 눈물마저도 아껴야 해."

하지만 소년은 울음을 그치지 않았다.

"목이 말라. 너무너무 목이 말라."

나는 배낭에서 물통을 꺼내 마지막 남은 물 한 방울로 소년의 입술을 축였다. 소년은 공처럼 동그랗게 몸을 웅크렸다.

"물……, 물……."

소년이 스르르 눈을 감았다. 나는 울먹이며 큰 소리로 외쳤다.

"안 돼! 나를 떠나면 안 돼! 정신 차려!"

하지만 소년은 아무 대답도 하지 않았다. 천천히 말을 걸며 숨소리를 확인해 보았다. 숨소리가 들릴락 말락 너무나 약했다. 지금 손을 쓰지 않으면 영원히 소년을 잃어버릴 것만 같았다.

하지만 무얼 해야 할지 알 수가 없었다. 해를 지키는 여인은 여전히 이글이글 타오르는 해를 꼭 붙들고 있었다. 그녀는 이미 해에게 심장을 빼앗겨 버렸기에 내가 무슨 말을 해도 듣지 않을 터였다.

나는 소년 옆에 몸을 웅크리고 누운 채 눈을 꼭 감았다. 소년의 숨소리가 거의 들리지 않았다. 나 또한 그와 함께 곧 사라져 버릴 것이라는 생각이 머

리를 스쳤다. 내 몸속의 피도 서서히 메말라 결국엔 흔적도 없이 사라져 버릴 것이다. 영원히, 영원히…….

그때 어디선가 귀에 익은 소리가 들렸다. 재바른 발자국 소리가 점점 더 가까워졌다. 나는 살며시 눈을 떴다. 조그마한 그림자가 눈앞에 어른거렸다. 그 그림자는 바로 내가 이 세상에서 가장 사랑하는 동물의 것이었다.

강아지!

강아지는 촉촉하게 젖은 코를 내 얼굴에 대고 낑낑거렸다. 문득 강아지가 땅에 내려놓은 것이 눈에 띄었다. 우리가 강물에서 발견했던 장난감 물통이었다. 놀랍게도 물통에 물이 가득 들어 있었다. 별안간 온몸에 피가 다시 도는 것 같았다.

나는 몸을 벌떡 일으켜 떨리는 손으로 물통을 들고 벌컥벌컥 물을 마셨다.

"강아지야……. 오, 사랑하는 강아지……. 고마워, 정말 고마워."

강아지는 낑낑 소리를 내더니 소년 옆에 축 늘어졌다. 나는 소년의 뒤통수에 손을 대고 머리를 살짝 들어 올렸다. 소년의 입에 물을 조금씩 부어 넣

었지만 한 모금도 삼키지 못했다.

"힘을 내! 정신 차려!"

나는 다시 소년의 입에 조심스레 물을 부어 넣었다.

"제발……."

나는 애원하듯이 말했다. 하지만 소년은 아무런 반응도 보이지 않았다. 소년의 머리를 내 무릎 위에 뉘었다. 강아지도 스르르 눈을 감았다. 마치 시간이 멈춘 것 같았다. 우리는 모두 이 자리에서 죽을 것이라는 생각이 또다시 머리를 스쳤다. 우리를 구해 줄 수 있는 것은 아무것도 없었다. 모두 내 잘못이었다. 나 때문에 일어난 일이었다. 모든 것이 이전보다 더 나빠졌다.

문득 할아버지가 떠올랐다. 무릎에 내 잠옷을 올려놓고 집에 홀로 앉아 있을 할아버지……. 나는 영원히 할아버지 품에 안겨 볼 수 없을 것이다. 톰과 테아도 떠올랐다. 냇물에서 노는 그 아이들의 행복한 얼굴이……. 다시는 그 아이들도 볼 수 없을 것이다. 테아랑 노는 것이 그리 재미있진 않았지만 영원히 친구로 지내고 싶다는 말도 이제 해 줄 수 없겠지.

마을 사람들도 하나하나 떠올랐다. 양치기 요나스, 농부 안나, 그리고 이삭 할아버지. 그들도 하나하나 죽어 갈 것이다. 냇물이 메마르고 강물이 줄어들어도, 해는 여전히 이글거리며 열기를 내뿜을 것이다. 결국 자연과 사람들은 모두 죽을 것이다. 온 세상이 활활 타 버릴 것이다.

나는 영원히 봄을 맞이할 수 없을 것이다. 자연이 가장 아름다운 시기, 풀과 나무가 생기를 되찾아 무성하게 변하는 시기. 나는 봄이 어떤 계절인지 경험하지 못한 채 이 세상에서 사라질 것이다. 내 삶은 여기서 끝나 버릴 것이다. 나의 어린 시절, 봄을 꿈꾸던 시절, 할아버지의 품을 그리워했던 시절도 함께 사라져 버릴 것이다.

이런 생각을 하면 분노와 절망에 빠져야 할 테지만, 어쩐 일인지 아무런 감정도 느껴지지 않았다. 그저 목이 마를 뿐이었다. 물통의 물을 한 모금 마셨다. 고개를 들어 바짝 메마른 나뭇가지들을 쳐다보았다. 그러고는 짐짓 눈을 꼭 감았다. 문득 지금 잠이 들면 영원히 눈을 뜨지 못할 것이라는 생각이 스쳤다.

그때 눈앞에 무언가가 휙 지나갔다. 강렬한 녹색 빛이었다. 나뭇가지 사이로 윙윙거리는 소리도 들렸다. 몸을 쭉 펴고 눈을 끔벅였다. 그것은 금방이라도 사라질 것처럼 투명하게 반짝이고 있었다. 잠자리였다!

잠자리는 나무 그늘에서 벗어나 내 눈앞에서 날개짓을 했다. 전에도 내게 길을 인도해 준 적이 있던 잠자리가 또다시 내게 길을 알려 주려는 것 같았다. 그동안 내 뒤를 줄곧 따라왔던 것일까?

나는 몸을 벌떡 일으켰다. 물통을 들어 올려 마지막 남은 물 한 방울을 마저 마셨다. 그러고는 타는 듯한 햇살 속으로 걸어 나갔다. 햇살로부터 몸을 보호할 옷도 걸치지 않았다. 해를 지키는 여인이 타는 듯한 햇살을 견딜 수 있다면 나 또한 견뎌 낼 수 있으리라.

무슨 말을 해야 할지, 무엇을 해야 할지는 알 수 없었다. 내가 아는 것은 단지 마지막으로 한 번 더 시도해 보아야 한다는 것뿐이었다. 그녀의 심장을 향해 이야기를 해 보는 것. 나는 그녀에게 아직 심장의 온기가 조금이나마 남아 있으리라고 확신했다. 그간 할아버지에게도 말하지 못했던 나의 꿈을 그녀에게 들려주리라고 결심했다. 이 고통을 끝낼 수 있는 사람은 그녀뿐이라는 것도.

너의 이름
12

해를 지키는 여인을 향해 천천히 발을 옮기는 동안, 잠자리는 줄곧 내 곁을 따랐다. 해를 지키는 여인은 내가 걸어오는 것도 보지 못한 듯, 땅에 무릎을 대고 앉아 양옆으로 몸을 흔들거리고 있었다. 내가 가까이 다가가서야 고개를 번쩍 들었다. 몹시 놀란 것 같기도 했다.

"거기 그렇게 서 있으면 안 돼."

"나는 당신이 하는 대로 할 뿐이에요."

"잔소리 말고 당장 나무 그늘 속으로 가! 얼른 가란 말야!"

"싫어요, 당신에게 할 말이 있어요."

그녀가 애원하듯 말했다.

"제발 부탁이야. 얼른 가. 해를 이길 수 있는 사람은 나뿐이니까."

나는 심호흡을 하고 용기를 냈다.

"싫어요! 그간 내가 어떻게 살아왔는지 당신에게 모두 들려주고 싶어요."

그녀는 아무 말도 하지 않고 나를 뚫어지게 바라보았다. 수많은 말이 내 머리를 스쳐 갔다. 어떻게 말을 시작해야 할지 알 수 없었다.

"나는 단 한 번도 누군가의 품에 안겨 본 적이 없어요. 부모님이 세상을 떠난 후 지금까지 나를 꼭 안아 준 사람이 아무도 없거든요. 나의 가족은 가뭄 때문에 모두 목숨을 잃었어요. 그런 일이 다시 일어나선 안 된다고 생각해요."

나를 바라보는 그녀의 눈을 보는 순간, 내 말이 그녀의 심장에까지 이르렀다는 것을 확신했다.

"내게 남은 사람은 할아버지뿐이에요. 항상 할아버지와 함께 지내왔지만, 단 한 번도 내가 무엇을 그리워하는지 털어놓은 적이 없어요."

문득 목이 메어 말을 잇기가 쉽지 않았다. 해를 지키는 여인은 내 말을 가만히 듣고 있었다. 나는 마음을 다잡고서 다시 말문을 열었다.

"내가 꿈꾸어 온 것은 아주 많아요. 여름에 맡을 수 있는 꽃 향기, 가을에 볼 수 있는 불그스레한 낙엽, 겨울에 마을을 뒤덮는 하얀 눈송이. 내가 가장 그리워한 것은 봄이에요. 파릇파릇한 새싹, 하얀 민들레, 파란 노루귀바람꽃……. 죽은 생명에 생기가 깃드는 봄. 나는 늘 변화를 꿈꾸었어요. 당신이 해를 가두어 둔 후, 모든 것은 제자리에서 꿈쩍하지 않았어요. 세상은 무거운 회색으로 뒤덮였죠. 내 삶도 마찬가지였어요. 내가 할아버지께 안아 달라고 말할 용기를 내지 못했던 것도 바로 그 때문이었고요. 나는 스스로를 영원히 자라지 못하는 연약한 풀잎 정도로만 생각해 왔는데, 그 생각이 틀렸다는 것을 깨달았어요. 그리고 이젠……."

나는 선하디 선한 할아버지의 얼굴을 떠올렸다. 가슴이 시릴 정도로 할아

버지가 그리워졌다.

"이젠 내가 그리워하는 것이 무엇인지, 할아버지께 들려 드릴 수도 없어요. 왜냐하면, 난 이곳에서 죽을 테니까요. 세상의 다른 모든 것들과 마찬가지로 이글거리는 햇살에 타 죽을 거예요. 당신이 여기서 해와 씨름하는 동안, 해는 세상의 모든 것을 태워 버릴 거예요. 세상은 당신 때문에 말라 죽을 거라고요."

그녀가 속삭이듯 말했다.

"릴리아, 그런 일은 일어나지 않을 거야. 그건 내가 원하는 게 아니니까."

나는 깜짝 놀라 멈칫했다.

"내 이름을 알고 있었나요?"

해를 지키는 여인은 대답 없이 고개를 숙이고 다시 몸을 양옆으로 흔들거렸다. 별안간 화가 치솟았다. 그녀가 정신 나간 사람처럼 그렇게 앉아 있기만 했기 때문에, 그녀가 다른 사람은 안중에도 없이 자기 자신만 생각하고 있었기 때문에.

"당신이 낳은 아이라고 생각해 보세요. 지금 당신의 아이가 눈앞에 서 있다고 생각해 보라고요. 가뭄 때문에 온 가족을 잃은 아이, 남아 있는 가족이라곤 할아버지뿐인 아이, 이 세상 그 무엇보다 할아버지 품에 안겨 보기를 원하는 아이. 그 아이가 원한다면 당신은 해를 놓아줄 수 있을까요?"

해를 지키는 여인이 나를 뚫어지게 바라보았다. 갑자기 그녀의 눈빛이 달라졌다. 부드러운 여인의 눈길로……. 그 눈빛을 이전에도 본 적이 있는 것 같았다. 익숙한 그 눈빛은 기억 속의 과거로 나를 돌려놓았다.

갑자기 모든 것이 착착 맞아떨어진다는 느낌이 스쳤다. 이미 수십 번이나

꿰어 맞추어 보려 시도했지만 성공하지 못했던 퍼즐 조각이 이제야 제자리를 찾은 듯했다. 모든 것이 명확해졌다.

"나는 당신의 아이죠?"

정적이 흘렀다. 할아버지는 딸이 떠나 버렸다고만 했지, 죽었다는 말은 하지 않았다. 할아버지는 딸이 '슬픔에 눈이 멀었다'고 했다. 그녀는 나를 할아버지 품에 안겨 주고서 잘 보살펴 달라고 부탁했다. 그러고는 해를 잡아 가두었다. 그 때문에 그녀는 모든 것을 포기해야만 했다. 선한 마음과 세상의 아름다운 색들을……. 그와 동시에 나의 엄마가 되는 것도 포기했다. 그럼에도…… 멀리서 항상 나를 지켜보았다. 내가 굶주리지 않도록 먹거리를 가져다주었다.

"릴리아, 너에게 모든 것을 설명해 줄게……."

"해를 놓아주세요! 제발 부탁이에요."

"아직도 모르겠니? 모두 너를 위한 일이었어. 난 너를 잃지 않기 위해 모든 것을 바쳤어. 내 삶마저도 포기했단다. 내겐 너뿐이었다고."

"하지만 당신은 나마저 잃었어요. 나를 할아버지께 떠넘겼잖아요. 그건 순전히 당신의 분노 때문이었어요. 내 엄마가 되기보다는 해에게 복수하려는 마음이 더 컸기 때문이라고요."

"릴리아, 그렇지 않아. 너를 보호하기 위해서였어. 이해할 수 있겠니?"

그녀의 목소리가 더욱 낮아졌다. 혼란 속에서 할 말을 찾아 헤매는 것 같았다.

하지만 나는 치밀어 오르는 화를 감당할 수가 없었다.

"아뇨, 이해할 수 없어요. 내가 이해할 수 있는 건 내게 비와 햇살, 가을과 봄이 필요하다는 거예요. 나는 작고 연약한 풀이 아니라 평범한 아이라고요. 만약 아직도 나를 사랑하는 마음이 남아 있다면 내 말을 들어요, 엄마!"

그녀가 몸을 움찔했다. 온몸을 부들부들 떨며 마치 나를 안아 주려는 듯 두 팔을 내밀었다. 그 순간, 동아줄을 놓치고 말았다. 그녀는 허공으로 달아나는 동아줄을 잡으려 허겁지겁 손을 뻗쳤다. 하지만 그녀는 너무나 느렸고, 해는 너무나 빨랐다.

"안 돼!"

그녀가 울먹였다. 머리 위에서 빛가루가 부서졌다. 해가 두둥실 치솟았다. 마침내 해가 하늘 높이 떠올랐다. 해는 점점 작아지다가, 아득히 멀리서 작고 동그란 공처럼 변했다. 숨을 쉴 수 없을 만큼 강렬했던 햇살이 조금씩 누그러졌다. 나무와 꽃들이 숨을 쉬기 시작했다.

우리는 나란히 서서 하늘을 올려다보았다. 아무 말도 하지 않은 채 그 자리에 그저 가만히 서 있었다. 귓전에 들리는 것은 숨소리뿐이었다. 그렇다, 우리가 다시 숨을 쉬기 시작한 것이다.

저 멀리서 구름 한 점이 모습을 드러냈다. 해를 향해 천천히 움직이는 구름은 통통하게 살이 오른 양처럼 보였다. 구름이 그림자를 만들어 내자 공기가 한결 선선해졌다. 나는 해를 지키는 여인을 향해 돌아섰다. 하지만 해를 지키는 여인은 온데간데없었다. 내 눈앞에는 키가 작고 비쩍 마른 여인이 한 명 서 있을 뿐이었다. 크고 둥그런 눈, 작은 입, 나와 닮은 코.

그녀의 눈에서 무언가가 사라진 것 같았다. 그녀의 눈은 마치 깊숙한 바닷물 속에 있다가 천천히 수면 위로 올라와 세상을 처음 보는 사람의 것 같기도 했다. 마침내 해를 지키는 여인은 마리아가 되었다.

그녀는 조금 전 나를 안아 주려 뻗쳤던 손을 양옆으로 축 늘어뜨렸다. 나는 그녀에게 한 발짝 다가갔다.

"릴리아……."

그녀는 말을 잇지 못했다. 갑자기 고개를 홱 돌렸다. 여전히 화가 난 듯 입을 꼭 다물고 있었지만, 그녀는 더 이상 해를 지키는 여인이 아니었다. 나는 그녀의 눈빛을 통해 혼란과 절망과 고통 속에서 아파한다는 것을 느낄 수 있었다.

"너, 정말 릴리아니?"

그녀의 목소리는 마치 먼 곳에서 들려오는 것처럼 아득했다.

"네, 맞아요."

그녀는 나를 뚫어지게 바라보며 천천히 고개를 끄덕였다.

"참 많이 컸구나."

"네."

"언제 이렇게 자랐니?"

그것은 내게 던지는 질문이라기보다는 혼잣말에 더 가까웠다.

나는 목이 메어 오는 것을 억누르기 위해 얼른 고개를 돌리고 침을 꿀꺽 삼켰다. 그녀의 품에 안길 수 없다는 것을 깨달았다. 그녀는 다시 마리아가 되었을지 몰라도, 아직 내 엄마가 되진 못했기 때문이다.

그때 전나무 밑에서 무언가가 꿈틀거렸다. 소년이 힘겹게 몸을 일으켰다. 그의 곁에 있던 강아지도 비틀거리며 몸을 일으켰다. 나는 그들에게로 뛰어갔다. 소년도 천천히 내게 걸어왔다. 그러고는 아무 말도 없이 내 손을 힘주어 잡았다.

우리는 함께 손을 잡고 걷기 시작했다. 강아지는 꼬리를 흔들며 뛰기 시작했다. 우리 뒤에는 마리아가 걸어오고 있었다. 나는 때때로 뒤를 돌아보았다.

"방금 느꼈어?"

소년이 갑자기 발을 멈추고 내게 물었다.

"뭘?"

"빗방울."

소년은 머리를 치켜들고 하늘을 쳐다보았다. 어느새 하늘에는 무거운 회색 구름이 잔뜩 끼어 있었다. 저 멀리서 귀를 찢는 듯한 굉음이 들려왔다.

"저 소리는 뭘까?"

"천둥소리일 거야. 언젠가 아빠가 천둥에 관한 이야기를 해 준 적이 있어."

"그렇구나."

갑자기 생기가 온몸을 휘감았다.

"그러고 보니 나도 할아버지께 천둥 이야기를 들어 본 것 같아. 해가 세상에서 사라지기 전에는 8월에 자주 천둥이 쳤다고 했어."

그 순간, 세차게 비가 내리기 시작했다. 이전에 경험했던 보슬비와는 너무나 달랐다. 우리는 고개를 들어 얼굴에 떨어지는 빗줄기를 맞아들였다. 세찬 빗줄기는 우리의 이마와 뺨에 묻어 있던 땀과 먼지를 깨끗이 씻어 내렸다.

빗물을 두 손에 모아 더 이상 목이 마르지 않을 때까지 마시고 또 마셨다. 그러다 마리아를 돌아보았다. 그녀도 우리와 마찬가지로 하늘을 향해 고개를 치켜든 채 눈을 지그시 감고 있었다. 세찬 빗줄기가 그녀의 얼굴에 묻어 있던 까만 재를 씻어 내렸다. 그제야 그녀의 얼굴이 제대로 보였다.

그녀가 눈을 뜨고 나를 바라보았다. 그녀의 입술이 미소를 만들어 내려는 듯 실룩거렸다. 나는 그녀에게 미소 지으며 힘차게 고개를 끄덕였다. 언젠가는 그녀도 제대로 미소를 지을 수 있을 것이라고 말해 주고 싶었다.

우리는 계속 걸었다. 비에 몸이 흠뻑 젖었지만 조금도 개의치 않았다. 왜냐하면 빗물은 따스했고, 먼지와 땀을 씻어 낼 수 있어서 상쾌했다. 천둥소리는 점점 더 커졌다. 바람도 더 세차게 불기 시작했다. 날카로운 빛 한 줄기가 하늘을 가로질렀다.

"저건 번개야. 천둥과 번개는 항상 함께 다닌다고 했던 것 같아."

소년이 큰 소리로 웃었다.

"아! 이제 기억나!"

"뭐가?"

"내 이름 말야!"

소년이 나를 돌아보았다. 비에 젖은 얼굴에서 두 눈이 반짝반짝 빛났다.

"내 이름은 폭풍이야!"

"폭풍이라고?"

"응, 방금 엄마가 내 이름에 관해 이야기해 주었던 기억이 떠올랐어. 내가 태어나던 날 밤, 폭풍이 휘몰아쳤대. 천둥과 번개도 치고. 난 번개가 마당에 있던 커다란 떡갈나무를 내려치는 순간, 세상에 태어났다고 했어."

"폭풍! 참 근사한 이름이구나!"

나는 소년을 향해 미소를 지었다.

"그리고 너는……."

소년이 강아지를 향해 웅크려 앉으며 말을 이었다.

"네 이름은 번개란다!"

강아지가 멍멍 짖으며 힘차게 꼬리를 흔들더니, 소년의 품으로 와락 달려들었다. 나는 폭풍이 이름처럼 전혀 무섭거나 위험하지 않다고 생각했다. 오히려 우리 머리 위에 내리는 비와 나무 사이를 스치는 바람에 더 가까웠다. 지저분한 것들과 먼지를 씻어 주는 비, 세상이 새로운 시작을 할 수 있도록 산과 들을 스치며 활기를 불어넣어 주는 바람.

13 집으로 가는 길

우리는 산에서 내려와 폭풍이 살던 계곡에까지 이르렀다. 하지만 폭풍이 살았던 강기슭은 찾지 않았다. 대신에 산등성이를 따라 걸으며 강을 건넜고, 숲을 향해 발을 옮겼다. 마리아는 계속 우리 뒤를 따랐다. 등 뒤에서 그녀의 발소리가 들려왔다. 때때로 고개를 돌리면 나를 바라보는 그녀와 눈이 마주치기도 했다. 그럴 때마다 그녀는 무슨 말인가 하려는 듯 입을 달싹였지만 아무 말도 하지 않았다.

어느새 비가 그쳤다. 하늘은 여전히 회색을 띠고 있었으나, 가끔 구름 뒤로 살짝 얼굴을 내미는 해를 볼 수 있었다. 습기 찬 풀과 흙냄새가 코를 간질였다. 젖어 있던 땅이 천천히 마르는 중이었다. 우리의 머리카락과 옷은 이미 다 마른 후였다. 나는 다시 고개를 돌려 마리아를 보았다. 그녀의 머리카락은 내 머리카락과 색깔이 똑같았다.

나무와 풀들은 마치 깊은 잠에 빠진 것 같았다. 오색의 꽃들과 파릇파릇하던 나뭇잎들은 뜨거운 햇살에 바짝 마른 채 땅에 떨어져 있었다. 지렁이 한 마리가 누런 나뭇잎과 흙을 뚫고 기어 나왔다. 이제 서서히 흙 속에도 생기가 깃들 것이다. 그러면 나무와 꽃들이 다시 자라겠지.

"지금은 가을일까?"

내가 폭풍에게 물었다.

"나도 잘 모르겠어. 가을이 어떤 풍경인지 알 수 없으니까……."

"나도 마찬가지야."

숲 한가운데에 이르자 마리아가 발을 멈추었다. 그녀는 떡갈나무 아래에 서서 산을 바라보았다.

"골짜기……, 저기에 산골짜기가 있어."

폭풍이 내게 나직이 말해 주었다. 그러고는 마리아에게 말을 걸었다.

"원하신다면 골짜기에 함께 가 볼까요?"

보일 듯 말 듯 고개를 끄덕이는 그녀의 눈에 고마움의 빛이 어렸다. 그녀가 앞장서서 걷기 시작했다. 우리는 곧 숲속의 오솔길에 이르렀다. 마리아의 발걸음이 빨라졌다. 그녀는 오솔길 너머에서 자취를 감추었다.

우리는 서둘러 그녀의 뒤를 따랐다. 숲을 벗어나면서 가쁜 숨을 몰아쉬었다. 발걸음이 저절로 멈추어졌다. 산골짜기의 모습은 알아볼 수가 없을 정도로 변해 있었다. 세상의 온갖 색들과 활기로 가득하던 그곳은 저 멀리 보이는 어두컴컴한 숲과 다름이 없었다. 푸른 나뭇잎도, 색색의 꽃도, 싱싱한 채소와 과일도 보이지 않았다. 폭풍이 타고 놀던 그네는 나뭇가지 사이에 축 늘어진 채 매달려 있었다.

"그녀는 어디로 사라져 버렸을까?"

"저기로 가 보자."

우리는 동굴 앞까지 뛰어갔다. 재로 변한 흙과 나무 냄새가 코를 찔렀다. 바닥은 까맣게 그을려 있었고, 나무와 풀은 불에 타 버렸다. 활짝 열린 철문 사이로 발자국 소리가 들렸다.

잠시 후 마리아가 모습을 드러냈다. 그녀의 눈빛은 세상을 벗어나 내면을 향하고 있었다. 해를 지키는 여인이었을 때 발산했던 분노와 울분은 어느새 사라져 보이지 않았다. 이제 그녀의 눈을 가득 채우고 있는 것은 슬픔뿐이었다. 그리고 또 다른 무엇……. 이전에는 보지 못했던 새로운 것이었다.

"난 다시 여기에 오지 않을 거야."

그녀가 혼잣말처럼 나직이 중얼거렸다.

우리는 곧 그곳을 벗어났다. 그녀는 한참을 앞장서서 걸었다. 하지만 숲을 벗어날 때쯤부터 우리 뒤를 따르기 시작했다. 마을에 가까워질수록 그녀의 발걸음이 점점 더 느려졌다.

마침내 우리는 숲을 벗어났다. 눈앞에는 해가 없었을 때와 마찬가지로 생기 없는 회색의 마을이 자리하고 있었다. 문득 불길한 생각이 스쳤다. 만약 아무것도 변하지 않았으면 어떡하지? 이전과 마찬가지로 우울하고 어두운 나날이 계속된다면?

그 순간, 구름 사이로 햇살이 한 줄기 내리비쳤다. 얼굴에 닿는 따스한 햇살 때문에 순식간에 마음이 편안해졌다. 나는 걸음을 멈추고 눈을 지그시 감은 채 햇살을 즐겼다.

"지금 웃고 있는 거니?"

폭풍이 내게 물었다.

"응, 그러는 너도 웃고 있잖아!"

나는 눈을 뜨고 폭풍을 바라보았다.

할아버지의 온실로 가 보았다. 마리아와 폭풍은 저 멀리서 내 뒤를 따랐다. 온실 안은 조용했다. 아무도 없는 것 같았다. 그때 종이로 가려 놓은 유리창 너머로 그림자가 어른거렸다. 갑자기 찌직 하는 소리에 깜짝 놀라 한 걸음 뒤로 물러났다. 누군가 종이를 찢는 소리였다. 온실 유리를 가리고 있던 종이가 하나둘 사라졌다. 할아버지가 온실 안에서 종이를 뜯고 있었다.

이윽고 할아버지가 천천히 몸을 돌려 나를 바라보았다. 우리는 한참 동안 서로를 가만히 마주 보았다. 할아버지의 입술이 떨리더니 두 눈에 금세 눈물이 맺혔다. 나는 온실 안으로 뛰어갔다. 할아버지가 온실 문을 활짝 열자 유리창이 덜컹거렸다. 나는 '외부인 출입 금지'라는 팻말이 사라진 것을 깨달았다. 주위를 더 돌아볼 새도 없었다. 할아버지가 두 팔로 나를 꼭 안아 주었기 때문이다.

"릴리아!"

할아버지가 내 머리 위에서 속삭였다.

"할아버지."

나는 울먹이며 말했다. 마침내 우리는 서로를 꼭 안아 주었다. 할아버지의 품 속에 안겨 있자니, 너무나 행복하고 따스했다. 할아버지의 턱수염이 따끔따끔하게 내 얼굴을 찔러도 상관없었다. 이윽고 할아버지가 양손으로 내 팔을 잡고서 내 얼굴을 뚫어지게 바라보았다.

"사랑하는 릴리아, 어느새 키가 훌쩍 자랐구나. 내 키만큼 컸어."

우리는 함께 웃음을 터뜨렸다.

"네, 아이가 자라는 건 자연스러운 일이 아닌가요? 그건 할아버지도 잘 아시잖아요."

"그래, 네 말이 맞구나. 그건 아주 자연스러운 일이지."

할아버지가 웃음을 머금으며 대답했다. 갑자기 할아버지 얼굴에서 웃음기가 사라졌다. 할아버지의 시선이 나의 등 뒤쪽을 향했다. 뒤를 돌아보자 마리아와 폭풍이 나란히 걸어오고 있었다.

"마리아!"

할아버지 얼굴에 수천 가지의 감정이 동시에 어렸다. 할아버지의 목소리가 떨렸다.

"너였구나. 바로 너였어."

마리아는 할아버지의 시선을 받아 내지 못한 채 고개를 푹 숙였다.

"네, 저였어요."

"진작에 알았어야 했는데……. 네가 설마 그런 일을 하리라곤 생각지도 못했어."

그녀가 한 발짝 앞으로 나서며 고개를 들었다.

"저를 지배했던 것은 분노와 절망이었어요. 결국 저는 마리아가 아닌 해를 지키는 여인으로 변해 버렸죠. 그 후엔 누군가의 도움 없이는 돌아올 수 있는 길을 찾을 방법이 없었어요."

"네게 딸이 있어서 정말 다행이로구나."

할아버지 눈에 낯선 빛이 어렸다. 마리아는 고개를 푹 숙였다. 무언가 말하려는 듯했지만, 할아버지가 틈을 주지 않고 목소리를 높였다.

"우린 세 명이서 오손도손 행복하게 살 수 있었어. 너는 단지 복수를 하려

는 생각뿐이었지. 그 때문에 나는 릴리아마저 잃을 뻔했어. 내게 남아 있던 유일한 가족, 릴리아마저!"

마리아는 고개를 들지 못했다.

"죄송해요."

할아버지는 폭풍과 내가 거기에 서 있다는 것을 잊은 듯했다. 성난 눈빛으로 마리아를 노려보았다. 나는 겁에 질렸다. 할아버지의 눈빛이 해를 지키는 여인의 눈빛과 비슷했기 때문이다. 할아버지의 눈빛 속에서 이글거리는 분노와 울분이 보였다.

"이제 그만하세요!"

나는 크게 소리를 지르며 한 발짝 앞으로 나섰다. 할아버지가 멈칫했다. 그러고는 혼란스러워하는 나를 달래기라도 하듯 다정하게 손을 내밀었다.

"그래, 네가 돌아왔으니까 이제 괜찮아."

"저는 이제 아무 데도 가지 않을 거예요."

나는 다시 할아버지 품에 안겼다. 할아버지의 분노와 울분이 서서히 사라지는 것을 느낄 수 있었다. 그간 할아버지를 감싸고 있던 뾰족한 쐐기풀이 한순간에 자취를 감추는 것 같기도 했다.

할아버지가 내 머리를 쓰다듬으며 다정하게 말했다.

"사랑하는 릴리아, 넌 내게 이 세상에서 둘도 없는 소중한 꽃이란다."

봄의 향기

14

마리아는 우리 집에 들어와 함께 살지 않고 온실에 머물렀다. 그녀는 온실로 침대를 옮기고, 그 옆에는 톰과 테아의 부모님이 쓰던 낡은 테이블과 등받이 의자 두 개를 놓아두었다. 온실 안에는 그녀가 음식을 만들어 먹을 수 있도록 오븐도 들여놓았다. 할아버지는 할머니가 사용하던 흔들의자를 마리아에게 주었다. 하지만 그녀는 잠시도 가만히 앉아 있지 않고 일을 했기 때문에 흔들의자를 거의 사용하지 않았다.

나는 온실 유리창을 통해 그녀가 이른 아침부터 늦은 저녁까지 쉴 새 없이 일하는 것을 보았다. 흙을 갈아엎고 씨를 뿌렸다. 마을에서 모아 온 음식 찌꺼기로 비료를 만들어 뿌렸다.

마리아는 자신이 하는 일에 대해 거의 입 밖에 내지 않았지만, 나는 채소와 과일을 가꾸어 마을 사람들에게 나누어 주는 일이 그녀의 유일한 낙이라는 것을 잘 알았다. 용서를 구하기 위해 그녀가 할 수 있는 일은 그것뿐이었다.

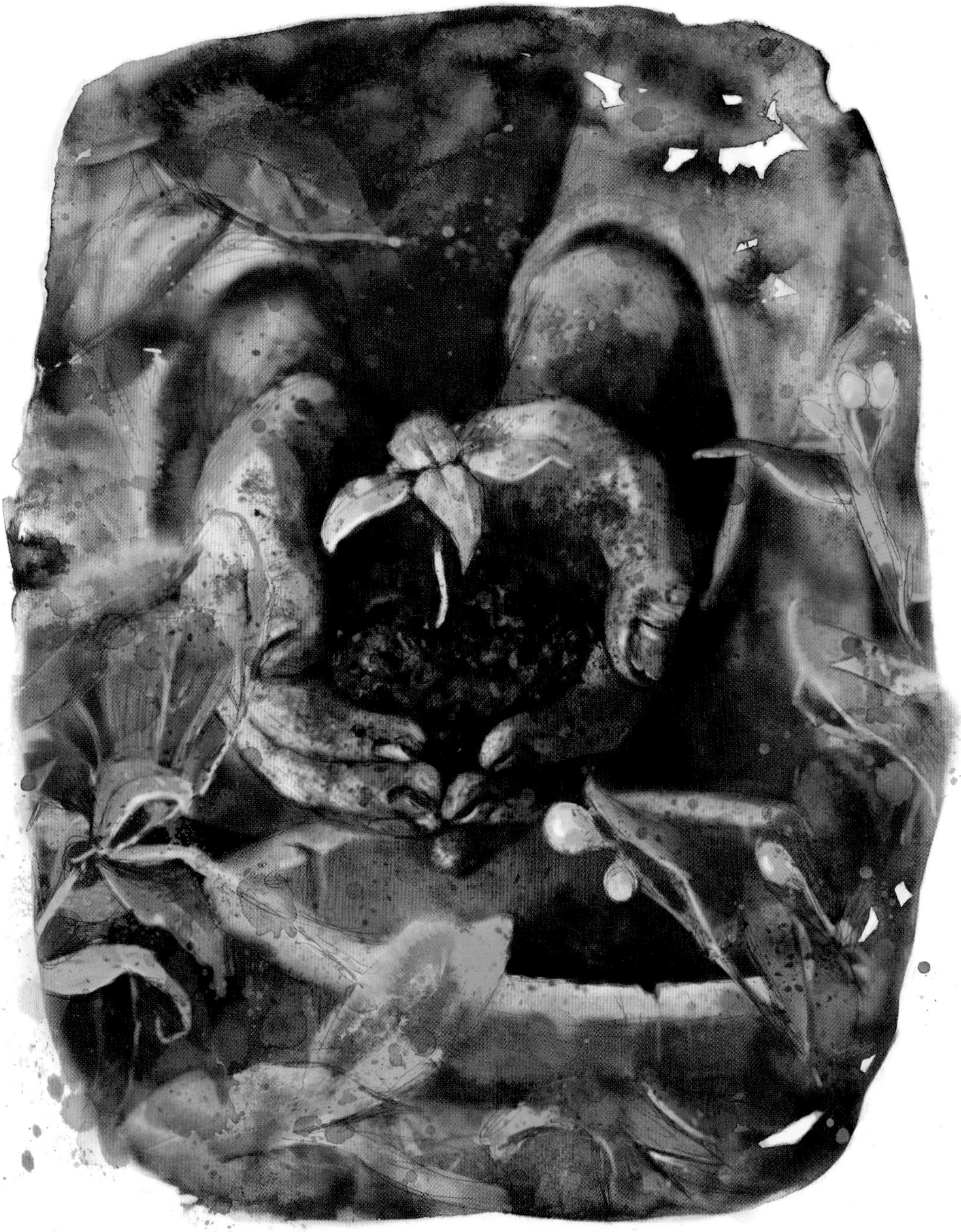

날이 갈수록 그녀의 눈빛에 생기가 되살아났다. 이젠 그녀와 이야기를 나눌 때도 해를 지키는 여인이 아니라 마리아와 대화를 나눈다는 것을 느낄 수 있었다. 언젠가는 어머니로서의 대화를 나눌 수 있을지도 모른다. 물론 그렇게 되기까지는 매우 오랜 시간이 걸릴 테지만.

마리아의 화분에서는 채소와 과일이 무럭무럭 자랐고, 어느새 온실 안은 녹색 식물들로 가득 찼다. 이제는 온실 밖의 땅에서도 싹이 돋기 시작했다. 자작나무에도 파릇파릇한 새싹이 돋아났다. 집 뒤편의 언덕은 온통 하얀 숲바람꽃으로 뒤덮였다.

할아버지는 하루가 더 길어지기 시작한다고 말했다. 봄이 온다는 증거라나. 봄이 되면 밤과 낮의 길이가 비슷해지는 날이 찾아온다고도 했다.

우리는 그날을 춘분이라고 불렀다. 그 옛날, 해가 사라지기 전에는 춘분이 되면 마을 사람들이 축제를 열었다. 이제 마을 사람들은 다시 축제를 준비하고 있었다.

나는 환한 아침 햇살에 눈을 떴다. 기지개를 켜고 침대에서 내려와 폭풍이 자는 작은방을 살짝 들여다보았다. 폭풍도 이미 일어나 있었다. 머리카락이 창 너머로 쏟아지는 햇살을 받아 반짝반짝 빛났다.

그 순간, 온몸에 생기가 돌며서 심장이 콩콩 뛰기 시작했다.

"안녕, 잘 잤니?"

그가 미소를 지으며 말했다. 나는 그 미소 속으로 들어가고 싶은 충동을 느꼈다.

"오늘이 춘분이래."

우리는 한동안 말없이 서로를 마주 보았다. 그 눈빛이 나의 온몸을 가득 채웠다. 폭풍이 갑자기 헛기침을 하면서 바닥을 내려다보았다. 뺨이 평소보다 더 발갛게 달아올라 있었다.

나도 헛기침을 했다. 어디를 보아야 할지 몰라 바닥만 내려다보았다.

"잠시 산책하고 돌아올게."

나는 혼잣말을 하듯 중얼거렸다.

"어……"

나는 옷장에서 제일 예쁜 치마를 꺼내 들고 한참을 만지작거렸다.

"나도 좀 있다 뒤따라갈게."

폭풍이 말했다. 나는 대문 앞에 서서 심호흡을 하며 산뜻하고 깨끗한 봄 공기로 가슴속을 가득 채웠다.

높은 하늘은 눈이 부실 정도로 파랬다. 언덕 위의 하얀 숲바람꽃은 산들바람에 기분 좋게 흔들렸고, 자작나무 이파리는 밤새 훌쩍 자란 듯 어제보다 훨씬 커져 있었다. 곧, 나뭇가지는 파릇파릇한 나뭇잎에 가려져 보이지 않게 될 것이다. 이것이 내가 사는 세상이라고 생각하자 너무나 행복했다. 내가 사랑하는 세상, 쉴 새 없이 변화하는 세상…….

시냇물 쪽으로 가 보았다. 테아는 판자에 망치질을 하고 있었고, 톰은 테아에게 못을 하나씩 건네주고 있었다. 둘 다 축제 분위기를 내려는지 근사하게 차려입었다. 두 아이의 무릎에는 그새 거뭇거뭇한 진흙이 묻어 있었다. 그 모습을 보고 미소를 짓지 않을 수 없었다.

테아가 망치를 휘두르며 내게 말을 걸었다.

"오늘은 물이 많이 차올랐어. 물레방아를 하나 더 만들 계획이야."

"좋은 생각이야."

미소 짓는 테아의 뺨에 전에는 보지 못했던 보조개가 생겨났다. 바지가 짧아 발목이 훤하게 드러나는 걸 보니, 테아도 그새 많이 자랐다는 생각이 들었다.

"같이 뭘 해 보지 않을래? 오늘 오후에 축제가 끝난 다음에……. 어때?"

내가 묻자 테아가 환하게 웃었다.

"좋아."

"시냇물에서 함께 물레방아를 만들며 놀아도 좋아."

테아가 콧잔등을 찡긋했다.

"아냐, 댐과 물레방아는 혼자서도 만들 수 있어. 차라리 함께 산책을 하는 게 어때?"

“좋아.”

나는 더 많은 말을 테아에게 해 주고 싶었다.

‘테아, 넌 세상에서 가장 좋은 친구야. 너를 사랑해.’

하지만 우리는 말없이 서로를 마주 보며 미소만 지었다. 더 이상 말을 할 필요가 없었다.

그 순간, 대문이 열리며 테아네 아빠가 모습을 드러냈다. 그의 팔에 안겨 있는 티릴이 만족스런 표정으로 쉴 새 없이 재잘거렸다.

“쭈…… 쭈…… 더…… 더…….”

“알았어. 죽은 이따 더 줄게.”

톰과 테아를 보더니 아빠가 한숨을 푹 내쉬었다.

“어휴, 뭘 했길래 벌써 그렇게 지저분해졌니?”

“어…….”

테아가 자신의 옷을 내려다보았다.

“우리가 어때서요?”

톰이 되물었다.

“얼른 들어가서 깨끗이 씻고 나와!”

테아와 톰은 눈동자를 휘휘 굴리며 반항했다. 하지만 둘은 결국 아빠의 말대로 망치와 못을 챙겨 들고 집 안으로 들어갔다.

나는 물레방아가 보이는 시냇가의 잔디밭에 앉았다. 물레방아는 흐르는 물살을 받아 내며 쉴 새 없이 빙글빙글 돌았다. 문득 이 세상이 물레방아 같다는 생각이 스쳤다. 쉴 새 없이 움직이고 변화하는 세상.

그때 그림자 하나가 눈앞을 스쳤다. 나는 얼른 고개를 들었다. 누군가가 내 앞에 서 있었다. 폭풍?

그렇다. 폭풍이었다. 어쩐 일인지 여느 때보다 훨씬 점잖아 보였다. 머리에 물을 묻혀 단정하게 빗고, 아빠의 헐렁한 와이셔츠를 입고 있었다. 곧 와이셔츠가 몸에 맞을 만큼 자라겠지.

폭풍이 내 옆에 앉았다. 우리는 아무 말도 하지 않은 채 흐르는 물소리와 나무에서 지저귀는 새소리에 귀를 기울였다.

"저건 무슨 새일까?"

폭풍이 물었다.

"검정 티티새일 거야."

순간, 작은 새가 우리 옆을 지나쳤다. 까만 재처럼 거뭇거뭇한 깃털과 햇살처럼 밝은 주황색 부리를 가진 새가 덤불 옆에 내려앉아 아름답게 노래를 부르기 시작했다. 마치 다시 되찾은 세상 속에서 환호하는 것처럼.

그 소리 때문인지 내게도 용기가 생겨났다. 이전에는 엄두도 내지 못했던 일을 해 보고 싶다는 생각이 스쳤다.

나는 폭풍을 바라보았다. 그도 나를 바라보고 있었다. 우리는 서로에게 몸을 기대고 두 팔을 뻗었다. 그가 조심스레 나를 감싸 안았다. 나도 그를 두 팔로 감싸 안았다. 그의 부드러운 뺨과 내 뺨이 닿았을 때, 나는 살며시 눈을 감았다.

폭풍에게서 소년의 냄새가 났다. 푸른 잔디와 신선한 흙냄새. 그것은 내가 이 세상에서 가장 좋아하는 냄새였다.

그에게서 봄의 향기가 났다.

태양을 지키는 아이

첫판 1쇄 펴낸날 2023년 11월 17일

지은이 마야 룬데
그린이 리사 아이사토 **옮긴이** 손화수
펴낸이 박창희
편집 백다혜 **디자인** 김선미
마케팅 박진호 임선주 **회계** 양여진
인쇄·제본 영신사

펴낸곳 (주)라임
출판등록 2013년 8월 8일 제2013-000091호
주소 경기도 파주시 심학산로 10, 우편번호 10881
전화 031) 955-9020, 9021 **팩스** 031) 955-9022
이메일 lime@limebook.co.kr **인스타그램** @lime_pub
홈페이지 www.prunsoop.co.kr

ISBN 979-11-92411-72-9 03850

NORLA Norwegian Literature Abroad This translation has been published with the financial support of NORLA.
이 책은 노르웨이 문학 협회(NORLA)의 지원을 받아 출간되었습니다.

작가 소개

지은이 **마야 룬데** Maja Lunde

노르웨이 출신의 국제적인 베스트셀러 작가. 오슬로 대학에서 미디어를 전공했으며, 폭넓은 독자층을 대상으로 작품 활동을 하는 소설가이자 방송 작가이다. 2015년에 발간된 어른을 위한 첫 소설 《벌들의 역사》는 전 세계 독자들을 사로잡았다. 현재까지 36개국에 번역·출간되었으며 각종 상을 휩쓸었다. 특히 독일에서는 2017년에 모든 장르를 통틀어 가장 많이 팔린 책으로 선정되었다. 2017년에 발간된 《블루》도 국제적 베스트셀러로 자리매김했다. 2018년에 발간한 《스노우 시스터》는 지난 10여 년간 노르웨이에서 가장 많이 팔린 책으로 뽑혔다. 《태양을 지키는 아이》는 지금까지 17개국에 판권이 수출되었으며, 여러 문학상에 후보로 이름을 올렸다.

그린이 **리사 아이사토** Lisa Aisato

노르웨이에서 독창적인 스타일로 가장 사랑받는 일러스트레이터이자 예술가이다. 수많은 상을 수상하고 비평가들의 찬사를 받는 작가이며, 《삶의 모든 색》은 노르웨이에서 베스트셀러 1위를 차지했고, 2019년에는 노르웨이 북셀러 상을 수상하였다. 《삶의 모든 색》은 직접 글을 쓰고 그림을 그렸으며, 그림을 그린 책으로는 《스노우 시스터》와 《책을 살리고 싶은 소녀》외 여러 권이 있다. 마야 룬데와 공동 프로젝트로 펴낸 《태양을 지키는 아이》에는 특별히 더 애정을 담아 그림을 그렸다고 한다.

옮긴이 **손화수**

한국외국어대학교에서 영어를, 오스트리아 잘츠부르크 모차르테움 대학에서 피아노를 공부했다. 1998년에 노르웨이로 이주한 후 크빈헤라드 코뮤네 예술 학교에서 피아노를 가르쳤으며, 지금은 스타인셰르 코뮤네 예술 학교에서 피아노를 가르치고 있다. 옮긴 책으로 《벌들의 역사》, 《밤의 유서》, 《모든 것을 위한 시간》, 《톨락의 아내》 외 많은 책이 있다.